U0000231

輕世代
FW087

布丁 繪

逆星雙子2

期盼的未來

逆星雙子

目錄

兩顆星星的距離在人們的眼裡多麼接近，但在宇宙的世界裡卻隔了數千光年。

序章　雙胞胎

夏日炎炎，窣窣的蟬聲有如夏天的歌曲。今天是一如既往的好天氣，彷彿上天為了那對雙胞胎所準備的大禮一樣，他們一早就從床上醒來，開始吵吵嚷嚷。

「哥哥，我們終於可以出門了呢！」

黑髮男孩專注地看著窗外，對終於能外出感到雀躍不已。那是一個自己嚮往已久的世界。

「是啊，可是爸爸還沒回家，我們只能等著。」另外一個長得一模一樣的男孩子也跑到窗戶邊，跟黑髮男孩並肩站著。

兩人的外貌相似，可是髮色與瞳色卻有極端的差別，尤其是「哥哥」，他有著獨樹一格的白髮與讓人不敢親近的白瞳。關於這對雙胞胎，在村落裡總是謠傳著一些負面的話語，禁止外出的他們當然不知道了，不過在今天，命運的轉輪開始轉動了。

「唉呦，都不知道爸爸什麼時候回來，人家好想出去呢。」黑髮男孩嘟著嘴，羨慕著在外面你追我跑的其他孩子。

「要忍耐點，爸爸說要等他回來的。」白髮男孩話是這麼說，不過目光也總是追逐著在外頭嬉鬧的小朋友。

為了今天的外出，兩人一早就興奮地把早餐吃完，可是母親坐守視野極佳的餐桌，盯著門口防止雙胞胎趁機偷溜出去。

等待不了的黑髮男孩一轉頭，直接往坐在餐桌旁的女性跑了過去，扯著母親的襯衫衣襬，「吶吶，媽媽，爸爸要回來了嗎？」

「嗯……我想是快了吧。」

就在媽媽這麼說時，家裡的大門被人打開，先是一道刺眼的陽光映進室內，然後是一道背光的人影踏進門裡，隨手將門關上。

站在門口迎接的雙胞胎飛撲上去，抱住來人的兩隻大腿，興奮地同聲說：「爸爸、爸爸！」

「瞧你們這麼開心，抱歉我晚回來了，這是我從親戚那裡拿到的衣服。」父親從後背包中拿出兩件衣物，一黑一白的布料顏色襯托著異眼異髮的雙子。

父親把衣服按照顏色分給兩人，「出門前穿上這個才可以喔，這是無袖的帽衫，算是送給你們第一次出門的禮物。」

看見禮物，兩人都露出興奮的眼神，立刻脫下樸素的上衣，把帽衫套上去。

「謝謝爸爸！」兩人再次抓著爸爸的腿，興奮地說。

開心之餘，黑髮男孩第一個先鬆手，又跳又跑的說，「那我們可以出門了嗎？」

「等等！」父親叫住性子比較衝動的黑髮男孩，對兩人囑咐道：「你們知道規矩是什麼嗎？」

「嗯……」黑髮男孩陷入思考，他的腦海裡只有玩耍，其他什麼也沒有。

「不可以跑到森林裡、不可以打架、不可以罵人、要在傍晚前回家，還有不可以分開。」

「沒錯，以安說的好棒，那以聲清楚了嗎？」

「知道了！」叫做以聲的黑髮男孩笑嘻嘻地說。

「好啦，那就出門吧，好好跟村落裡面的人打招呼。」父親推著兩位雙胞胎的背，將他們送出屋子，目送他們直接跑向巨大杉樹下的廣場。

不過……

「怪物！」

「怪胎！」

「才沒有人要跟你們玩呢，醜八怪！」

一群小朋友一言一語的攻擊，讓雙胞胎嚇傻了。他們本以為能夠和其他小朋友融洽的相處、歡愉的玩樂，卻沒想到會遭到那麼嚴重的排擠，讓兩人只能傻乎乎的站在原地，忍受他們的辱罵。

「爸爸說你們怪里怪氣的，不可以靠近你們，趕快滾吧！」一位個子比較大的男孩子站出來，直接推了駱以聲一把。

駱以聲跌坐在地，眼淚嘩啦啦地掉下來。

那群人火上加油的說：

「愛哭鬼！」

「只會哭，趕快回家啦！」

「才沒有人要跟你們玩咧！」

駱以聲不知道該怎麼辦，想跑回家，雙腿卻不聽使喚，他只好閉上雙眼，不過耳熟的聲音讓他立刻睜開眼睛，看見了白髮男孩的背影。

「不要欺負他。」

駱以安既沒有哭、也沒有憎恨的看著那群惡言的小朋友，只是單純為了保護自己的弟弟，單獨挺身而出。

「又來了一個怪胎！」

「閃開啦！」

「大人說你們是邪惡的存在，趕快滾離這個村子！」

聽不下去的駱以安壓抑住體內的衝動，直接轉過身拽起弟弟的臂彎，二話不說將他帶離那群小孩，徒步往家的反方向離開。

啜泣的弟弟走了一段路，揉掉眼睛的淚水，「哥哥，我們不回家嗎？」

「我不想讓你難過的回到家。」駱以安快步走著，遠離了杉樹廣場，來到森林邊境。

這附近的木造房屋少之又少，是一大塊空曠的場所，路上行經而過的村民都會因為雙胞胎的特別投來奇怪的眼光。駱以安發覺，那是一種厭惡、歧視的眼神。

邊境，父母親總是告誡雙子千萬不能深入，在這個年齡貿然走進森林是一件危險的事情。雖然兩人把這項規定謹記在心，但森林那神祕的引誘力，如同漩渦般緊緊地扯住兩人。

「哥……爸爸今天不是有說不能去森林嗎？」

讓人容易迷失方向的綠茵森林，讓駱以聲既是期待又有些許害怕，他緊緊抓住哥哥的手。

「進去一下就好了。」駱以安側向弟弟，露出親切的微笑，「我們一定要玩得開心，如果愁眉苦臉的，那今天就沒有意義了。」

哥哥的努力讓弟弟一陣心暖，兩人跨越了村與森林的界線，徒步踏入了充滿未知危險的環境，彷彿羊入虎口的雙子並不知道接下來會發生的事……

「哇！」駱以聲抬起頭，看著巨樹茂密的樹幹與葉片，不由地嘆為觀止，「好大的樹啊！」

哥哥蹲在一邊看著葉梢上的瓢蟲，喃喃自語，「這就是森林嗎……」

旺盛的好奇心被勾起。

儘管兩人不被村落的孩子們接受，但他們並不覺得孤單，因為有如半身的兄弟總是陪伴著自己。

「哥哥！」駱以聲發現了什麼，聲嘶力竭地喊：「看這邊看這邊！」

駱以安小跑步的來到駱以聲身邊，看見下坡有一隻比狗還要大很多的動物，牠抖著耳朵，垂下頭咀嚼著青草，沒注意到上坡處的兄弟倆。

「那是什麼啊？」駱以聲只認得狗、貓、老鼠等常見動物，其他的一概不知。

「會不會是爸爸之前總是帶回來的食物？」

「我記得我們吃過一次……」駱以安確切的說，「這是母鹿吧，肉還滿好吃的。」

「那我們今天也抓一隻，然後嚇爸爸媽媽一跳吧！」駱以聲振奮地說。

駱以安評估了地形，搖頭說，「斜坡太危險了，還是算了吧。」

「可是、可是難得看到這種動物啊！」駱以聲說，「哥哥不是想看我開心嗎？那應該可以讓我去抓吧？」

「這是兩件事情，以聲。」駱以安有不好的預感。

「如果哥哥不想去的話，那我就自己去！」駱以聲轉身下坡，滿腦子都是都思考著怎麼對付比自己還來得巨大的動物，儘管有些害怕，但馬上就被能被父母誇獎的期待給淹沒過去。

「不行！」不論怎麼想都太危險了，駱以安及時抓住弟弟的手，阻止了對方滑下坡的行為。

「哥哥！不要抓我，我想試試看啊！」駱以聲眼角餘光看見那隻母鹿抬起頭，驚覺有人類在附近，立刻逃離現場，這讓弟弟發出慘叫，「啊！要讓牠逃了！」

一剎那間，駱以聲因為重心不穩而整個人向下滑落，駱以安抓緊弟弟的手，卻沒有足夠的力氣將他拉上來。

「踩回來上坡！」駱以安驚慌地說，「不要鬆手！」

「哥，我爬上不去……」駱以聲試著想往上坡爬，不過坡面泥土潮濕不好施力，讓他連支撐身體都辦不到。

「再試試看！」

「不行啊，我踩不上去。」駱以聲露出泫然欲泣的樣子，心裡被恐懼盤據著，「該怎麼辦？都是我的錯！我不應該……」

「現在就別說那些了，緊緊抓住我的手！」駱以安咬緊牙，想用自己的力量把弟弟拖回上坡，但對年幼的他來說實在是不可能的。

「我好害怕、我好怕喔，哥哥……」

「不要怕！我、我會拉著你不放的！」為了讓弟弟安心，駱以安強擠出安撫的笑容。

「可是哥哥……這樣一來你會掉下去的。」

「如果真的是這樣子的話，我們就一起掉下去吧。」已經沒有想法的駱以安只是專注地看著弟弟，正努力與死神奮力拔河著。

因為弟弟，他有了絕對不放棄的理由。

「吶，這是為什麼呢？」

「因為我們是兄弟啊！」駱以安說，「絕對、絕對不會放手的！」

第一章 夜景

是啊，我怎麼可能會放手。

肩膀被搖晃著，駱以安從夢境中清醒。他揉揉視野模糊的眼睛，一邊看著打擾他的睡眠的罪魁禍首。「怎麼了？」

「我們去看夜景吧？黑黑說她要順便去烘爐地一趟，好像是跟羅迦的事情有關呢。」

羅迦是讓眾多事務所最頭痛的影獸之一，除了實力強大以外，智能也比其他影獸優秀許多，有著進化為影獸神的風險，是事務所不會放棄搜索的目標。

河濱公園事件過了數個月，雙子忙於解決其他大大小小的影獸，就是找不出來藏匿在臺北的羅迦，連事務所的影氣感應裝置也偵測不到。

曾經有人說過羅迦說不定已經死了，這麼窮緊張只是白費工夫而已，不過雙胞胎非常確定羅迦還活著，不然就不會一直感受到那種令人毛骨悚然、坐立難安的氣息了。

那種氣息很獨特，一般人類是聞不出來的，只有雙子可以用特殊體質去清楚地感應。

「你去吧，我想休息。」駱以安第一次拒絕了駱以聲。

會這麼累也不是沒有原因的，今天才解決了一隻實力中等的影獸，耗盡了雙子力量，加上前陣子熬夜處理其他大小雜事，駱以安這次真的累到虛脫，他並不想去看夜景，只想利用僅存的時間好好休息。

明明就是相同的工作，駱以聲的體力卻總是優於駱以安，恢復也非常快速，一下子就生龍活虎了。

「不要啦，哥，陪我去啦！」

「我真的很累。」尤其剛還作夢，大腦根本沒休息到。

「一起去啦。而且黑黑說要去處理嚴重的事情，少了我們兩個人不好吧？」

駱以安堅持好好補充睡眠才有更多的體力，「你找其他人去吧。」

「哥！」駱以聲有點不高興：「這是為什麼，你以前都會跟我一塊出門的！」

「可是我現在真的好倦，抱歉。」

聽到歉語，駱以聲任性地道，「算了！如果哥真的這麼不想去，我也就不勉強了。」語畢，便逕自一人離開房間，大力的甩上房門。

駱以安只覺得很無奈，抓起枕頭，打算埋頭繼續睡眠。

這時，門外卻傳來了敲門聲……是弟弟突然改變心意了？

駱以安打開房門，一看見對方的樣子，他睜大眼睛，「我還以為是以聲。」

「我剛才就是看他這麼生氣的樣子，才想來問問你的。」溫柔婉約的女性伸出拇指往外頭比了比，「要不要去外面？」

「我想休息了，謝謝雅鈞姐的好意。」

「這樣啊……」看駱以安疲倦的表情，黃雅鈞說，「不然去樓下的飲料販賣機吧，那裡有桌椅可以休息一下，順便聊聊好嗎？」

她說出了此行最大的目的，駱以安有了疑問，「聊聊？」

「是啊，你們兄弟這樣吵架還是頭一次吧？至少在我的眼裡是，我覺得與其悶在心裡，不如講出來會比較輕鬆喔，如何呢？」

思索了幾秒，駱以安覺得沒有什麼不好，於是穿了一件無袖的白色背心、一雙拖鞋離開房間，與黃雅鈞一塊搭電梯前往樓下的休息樓層。

「哥真是什麼都不懂！氣死我了——」

駱以聲邊走邊抱怨，跟著十多人的同事組成一組小隊伍，帶頭的是五官立體、精明能幹的黑卣，副隊則是她的好室友，有一頭燦金的長髮，總是戴著一副粗框眼

鏡的金絲雀。

一個人無聲地接近駱以聲，開口道：「別氣了。」

「哇啊！」被突然現身的男性嚇了一跳，駱以聲發出淒慘的叫聲，引起其他同事竊竊笑著。

「這反應太大了吧。」黃雨澤偏頭一笑：「不過你也別這麼生氣了，我好像沒看過你們兄弟吵架呢！」

「還不是因為哥哥不跟我們大家去看夜景！」駱以聲把吵架的問題點直接說出來。

黃雨澤聽著，只問了一句話：「這是為什麼呢？」

「因為他說他很累。」

「既然累了也沒有辦法呀，雅鈞和阿樂也因為今天工作量的關係，都拒絕了觀賞夜景的好機會，雖然這件事情的真正目的是為了找出羅迦，不過那怎麼說也是屬於偵查組的工作，我們去了什麼忙也幫不上的，所以並沒有硬性規定一定要參加喔！」

「可是哥沒有來真的太可惜了，而且我們以前一直那個……叫什麼不離的？」

「是叫形影不離吧。這話是沒有錯啦，不過你換個角度想吧，以安依然在事務所，你們只是暫時分開，可是看見的天空都是同一片，這樣心情不就好多了嗎？」黃雨澤拍拍駱以聲的肩膀，指著負責發號口令的黑卣說：「好像準備得差不多了，我們搭車吧。」

「好吧。」少了駱以安的陪伴就少了點興致，雖然了解了黃雨澤說的沒錯，只是駱以聲還是衷心希望哥哥能陪同。

出發的時候，仍然不見熟悉的身影，駱以聲失落的嘆了一口氣。

引擎啟動，三臺裝著儀器與組員的黑色轎車駛離事務所，前往了烘爐地。

「咚」的一聲，一罐可口可樂掉到取物口，駱以安探進手拿出自己的飲料。

「以安，你還滿安靜的呢。」黃雅鈞坐在飲料販賣機旁邊的長型沙發椅上。這是她第一次與他單獨相處，也是頭一次這麼近距離看著那雙特別的白色瞳孔。

雙子就是這樣子嗎?真特別呢。

進入事務所以後，駱氏兄弟是她第一次接觸的雙子。根據黃雨澤的說法，過去事務所裡一直都有其他雙子，不過下場多半不好。發現駱以安與駱以聲，也是黃雅鈞加入事務所兩個月後的事了。

「我只是不擅長主動說話。」駱以安的個性一貫冰冷，除了駱以聲以外，其他人都非常難適應。

「沒關係，我們今天可以好好聊一聊，只要你願意的話。」黃雅鈞輕拍旁邊的空位，「要不要坐下來？」

「我站著就好了。」

駱以安搖頭，面向黃雅鈞靠著牆壁，扯開鋁罐拉環，喝了一小口可樂。氣泡水在舌尖化開，彷彿狂風暴雨席捲而來，令他還是不太適應這種飲料。

兩人之間陷入了短暫的沉默。

對黃雅鈞來說，她約駱以安出來就是要他敞開心房，把內心話說出來才不會得了內傷，所以一直等駱以安開口；對駱以安而言，他本來就不是個會主動表達自己情緒的人，也覺得兄弟間的爭執沒什麼好說的。

過了兩分鐘，卻像過了漫長的兩個小時。

駱以安又喝了一口可樂，心裡想著應該要選鋁箔包裝的奶茶的，然後他率先打破了兩人之間瀰漫的那層尷尬。

「妳還好嗎？」

「我？」

走廊靜悄悄的，說起話來格外響亮、清晰。

駱以安點頭，伸出右手指著自己的脖子，「那條項鍊，不是會給你們力量嗎？」

「喔，雙子血嗎？傳聞中是這樣子沒錯，像是阿樂的劍、阿勝的盾牌、哥哥的時間凝結，不過這用在我身上似乎是出了一點問題呢。」

「問題？」

「雙子血雖然在我身上有閃耀出光輝，可是沒有什麼明顯的變化。哥哥說過第一次啟發能力要有一次動機，對我們來說，第一次動機是最大的難關呢。」黃雅鈞不自覺地抓著領口的紅寶石項鍊，璀璨的光芒引人入勝。

「很高興妳後來沒有放棄自己。」

「那是因為那時候有你們拉著我。所以現在看你跟以聲這樣子，我也覺得滿擔心的。」說起這件事情，黃雅鈞分享了自己的回憶，「雖然我小時候比較難相處，跟哥哥也常常吵架，可是我們隔天就和好了。」

「怎麼和好的？」駱以安認真地詢問。

「他了解我。」黃雅鈞搔搔頭，難為情地笑了，「他知道只要摸我的頭，然後用那過分溫柔的笑臉還有聲音，我就立刻不生氣了。啊！那時候最重要的和好工具就是七七乳加巧克力，我最愛吃那個了。不過這只侷限於我和我哥，你們兄弟的話我就不能給很確定的意見了。」

「不要緊，我大概知道要怎麼做了。」駱以安一口氣把可樂喝完，眉頭緊鎖。

黃雅鈞噗哧一笑，「你的眉頭都可以夾死一隻蚊子了。」

「我不喜歡它。」氣泡水的口感讓駱以安有些惱火，掐扁了空罐。

「可是你喝完它了呀。」看著駱以安這種小孩子的個性，黃雅鈞覺得好笑。

「對了，妳會開車嗎？」駱以安把空瓶精準地丟向角落的垃圾桶。

「會呀，怎麼了？」黃雅鈞把剩下不多的奶茶也喝完了。

「方便載我去個地方嗎？」

烘爐地，白天是香火鼎盛的廟宇，在夜晚則成為欣賞臺北夜景的絕佳地點。

一群身穿黑色制服的人員有條不紊地架設儀器，其他幫不上忙的同事統統退到水泥矮牆旁邊，眺望燈光繽紛的臺北城。

駱以聲瞪大了雙眼，他從來沒有見過這麼棒的夜景，高矮建築全都亮起燈輝，整個盆地被照耀得閃爍無比。就像是路面上的銀河，讓人看得嘆為觀止。

「這就是，臺北嗎……」駱以聲看呆了足足十秒，「好美啊……」不過立刻想起駱以安沒有陪同，他馬上撇開視線，「都是哥沒來看，這多麼沒意思。」

「不要這樣子想，我們可以好好欣賞，你之後再告訴以安，而且我還準備了……」黃雨澤拿出了數位單眼相機，塞到了黑髮青年的手中：「拍一張美麗的夜景，送給駱以安，當作你們和好的禮物如何？」

「可是……明明就是他拒絕我的。」駱以聲緊緊抓著相機，看得黃雨澤捏了一把冷汗。

「可是你也甩門了不是嗎？這是你剛剛在車上跟我說的呢。」

露出溫暖笑容的黃雨澤，讓駱以聲再怎麼生氣也覺得提不起勁，嘟嘴說，「我只是關門力量大了點而已，不小心的、不小心的！」

「那也沒關係呀，我們就拍些照片，單純當個禮物送給以安吧，因為他不是不能來嗎？」要安撫這種傲脾氣的小鬼頭，實在是太簡單了，黃雨澤心裡這麼想著。

「好，可是他要先跟我道歉。」

真受不了，黃雨澤按著額頭，「我都不知道該怎麼說你了呢。好啦，來拍照吧。」

黃雨澤向駱以聲講解數位單眼的操作時，在後方廣場負責架設儀器的偵查組可沒有閒心情觀景，個個都忙得焦頭爛額，花費了好長一段時間終於把裝置都就定位。

這些裝置都是柱體，高度兩尺半，頂端有著雷達接收器。這是用來偵測影氣在臺北城的狀況，而烘爐地的接收訊號良好，而且可以有效透過衛星，直接連線到城內的監視器狀況，並即時調出影像。

「真羨慕呢，那些菁英組的人。」綁著燦金長髮馬尾、戴著細框眼鏡的女性羨慕地向身邊正在敲著筆電的黑卣說道。「等我們事情告一段落後也去看吧。」

過了幾分鐘，處理完電腦的硬體流程以後，黑卣敲著鍵盤，開啟了數個視窗。其中一個視窗裡的儀表上，紅色指標在左半邊飄移不定，狀況不好也不壞。

「數據怎麼樣了？」金絲雀按著膝蓋，前傾身子問道。

「城內有影獸，可是似乎不是多大的威脅，如果是羅迦的話，數據指標應該會直接導向右邊才對，難道牠不在臺北嗎？」

黑卣因為數據掌握得不完全，顯得有些急躁，「已經好幾個月了，羅迦就只出現過一次，牠究竟去哪裡了？」

「如果在別的縣市呢？」金絲雀提出自己的想法。

「那麼其他事務所應該會通報我們才是，但也沒有收到訊息。所以我搞不懂羅迦為什麼會消失。」黑卣思索著，「難道這種實力非凡的影獸，會有隱藏氣息的特殊技能嗎？」

「不能排除這個可能性吧，我覺得我們需要重新向司令提出羅迦的討論呢。」

羅迦的行蹤一直是事務所最大的問題，也是現在最急切需要處理的案子，金絲雀做出加油打氣的手勢，說：「這部分就由我來幫妳分擔吧，我任明天會整理出一份報告，交給上層。」

「麻煩了……」原以為會有什麼收穫，可是即使到了烘爐地，也沒有任何結果，讓黑卣心灰意冷。

「別這麼說，我已經不忍心再讓我的好室友傷害自己的肝了。」金絲雀抬起右手，重擊自己的左心口，挺起身子吸了一口氣，喊：「就算要捐獻妳的肝臟，這次就讓我來吧！」

「學什麼梗呀妳，我知道了，這次我會好好治我的黑眼圈。」黑卣從小板凳站起身，剛好看見前方駱以聲的背影，感嘆說：「勞累之後，看到小帥哥的心情就是特別好。」

「喂喂，控制一下，不要馬上就暴露腐屬性了。」金絲雀扠腰說，「看妳口水又流下來了。」

黑卣急忙擦掉口水，辯解說：「哪有！我哪有呀——」

「好啦，把口水擦一擦，我們也去前面看夜景吧。」

金絲雀與黑卣走到水泥矮牆前，十幾人排成一列共同觀賞著閃耀各色燈彩的臺北城。在今夜，繁星的點綴，也讓他們注意到了臺北不一樣的那一面。

「哇啊啊啊啊——」

駱以聲突然失聲尖叫，嚇壞了旁邊兩側的同事，險些差點把相機拋下山。

「以聲，怎麼了啊？」黃雨澤小心翼翼地接過那臺昂貴的數位單眼。

「有、有人摸我屁股……」駱以聲露出哀怨的表情。

真是的，會這麼做的人只有一個，黃雨澤馬上責怪道：「黑卣姐，這樣子會嚇到以聲的。」

站在駱以聲另外一側的女子探出頭，「欸？雨澤怎麼可以說是我呢！」

「我不可能摸以聲的屁股，怎麼想最大的嫌疑犯就是妳了！」

黑卣露出無辜的眼神，卻馬上遭到了白眼。

「這招對我不管用，黑卣姐，好好向以聲道歉吧，留下陰影就糟了。」

「是不會啦……」駱以聲縮起肩膀。

「看吧，小黑都說沒關係了！」黑卣用鼻孔噴氣，理直氣壯地認為摸屁股是天經地義的事情。

「道歉，這是必要的。」黃雨澤往前一站，手臂搭在駱以聲的肩膀上。

「雀雀！」立刻搬救兵的黑卣往後一望，哭得一臉假惺惺，馬上遭到了回擊——

「去道歉吧，我幫不了妳。」金絲雀按著臉，幾乎不想承認身邊這位就是她的好室友：「性騷擾是犯罪呢，黑卣。」

「好啦，道歉就道歉。」黑卣悶悶不樂地向駱以聲鞠躬，「我，臧宜嫻，鄭重地跟駱以聲道歉，我下次不會摸你的屁股了——」

這舉動看得駱以聲驚慌失措，「黑卣姐，不用這、這樣子啦！」

「就讓她道歉吧。」黃雨澤說，「她以前可沒有摸雙子的怪癖，真不知道為什麼輪到你們這一任，就突然變成這樣子了。」

「那是因為以前的雙子既不壯又不帥，乾扁扁的哪能跟美味可口的金華火腿比呢？」金絲雀一副當事人的口吻。

黃雨澤終於明白了原因，「啊！原來是這樣啊，金絲雀妳分析得實在是太精闢了！」

「過獎過獎！咦？」

眾人隨著金絲雀的目光往黃雨澤的背後看去，有輛機車騎來了烘爐地，原本以為是來觀賞夜景的路人，定睛一看才發現摘下安全帽的人是大家都認識的人。

「各位！」黃雅鈞奮力揮著手，吶喊著跑向水泥牆與大家會合。

黃雨澤聽見妹妹的聲音，立刻轉過頭，看著跑得氣喘吁吁的女性，「妳不是說要休息嗎？」

「我後悔了嘛，不過其實呢……是因為一件事情。」

「一件事情？」黃雨澤偏頭，滿腦充滿了疑問。

黑卣抬起頭，搜尋獵物的雷達功能立刻開啟，不過什麼也沒發現，頓時有些失

落。

「嗯。」黃雅鈞望向黃雨澤身邊的黑髮青年，「以聲，方便說個話嗎？」

「咦！我嗎？」駱以聲指了指自己，覺得有些奇怪。

「嗯，有事情想跟你說，過來一下下就好了。」

黃雅鈞拽著駱以聲的手臂離開，讓一行被好奇心湧上心頭的人只能站在原地，看著駱以聲與黃雅鈞被遠景的黑暗給吞沒。

黑卣嘖了聲，「可惡，這裡什麼都看不見。」

「太黑了，不如去拿手電筒吧？」金絲雀這個提議得到大多數人的贊同。

「還是等等吧，先讓他們獨處一下。」黃雨澤一邊阻止眾人的惡行一邊思索著，妹妹在想著什麼，為什麼要單獨找駱以聲呢？

「哇！難道是打算趁夜景要告白嗎？哎呀——太害羞了！」其中一位女性同事捧臉尖叫，漲紅著臉說：「是不是像《來治猩猩的我》那樣的告白戲碼呢？」

「不、不可能吧……」黃雨澤總認為妹妹的眼光很高，但男女之間總是充滿未知，也不是不能否認這種可能性。

「不會的！」黑卣大聲喊，彷彿就是要喊給遠處的兩人聽。

「小黑的肉體永遠都是我的，跟小白一樣都要奉獻給我當祭品的！」

另外一邊，跟著黃雅鈞腳步的駱以聲一臉狐疑，他開始想著對方為什麼要這麼做，不過就算他問了她，得到的答案永遠都只有「你等等就知道了」。

這附近幾乎沒有任何路燈，駱以聲小心地跟在黃雅鈞後面，心裡也很意外當初那脆弱的黃雅鈞居然有那麼堅毅的面貌，無懼幽暗伸出來的魔爪，一個人挺直地走著。

當他們將黑卣那群人遠遠拋在後頭，黃雅鈞停下了腳步。

「就是這裡，以聲。」黃雅鈞往側邊一站。

在駱以聲眼前的人，有著異於常人的白髮與炯炯有神的白瞳。而這個人就沐浴在唯一一盞路燈的燈光下，雙手放在腰後，朝駱以聲微微一笑。

「這、這是……」駱以聲看向旁邊看戲的黃雅鈞。

「過去吧，我已經盡力阻止了……」黃雅鈞忍著笑，指指站在燈光下的男子。

這樣子的發展讓駱以聲措手不及，當他漫步靠近哥哥時，發現哥哥的笑容雖然看似游刃有餘，但眼睛裡盛滿的卻是不容置疑的真摯。

對了，就像那個時候，我差點摔下山坡的那時候……

他不放棄的眼神，告訴了我一件事情，那就是真心。

站在駱以安的面前，駱以聲搔搔後腦勺，難為情的說：「你、你怎麼會在這裡？」

「夜景。」

駱以聲不禁失笑，「哈！你才不是那種為了看夜景特地大半夜跑來的人吧……」

駱以安沒有什麼反應，專注看著弟弟因微笑瞇起來的眼睛，就這樣一聲不吭的探索著。

「哥？」駱以聲渾身不自在的輕聲問。

「對不起。」駱以安誠懇的鞠躬。

駱以聲嚇了一跳，退了一步，慌慌張張地說：「怎、怎麼了啊?!」

雖然他希望哥哥來道歉，可是到了這一刻，那種心態立刻消失，他只覺得自己太幼稚、太任性了。

「我不應該丟下你的。」駱以安挺起上半身，伸出一直放在腰後的兩隻手。

「啊……這……」駱以聲傻著眼。

一束花，卻是塞滿了七七乳加巧克力，亮在駱以聲的面前。

「送給你，我會遵守小時候的約定，不會再放開你的手了。」

「不……可是這束巧克力花，呃、這之間一定有什麼誤會吧？」

駱以聲顫抖著雙手接過了這束花，他往身後的黃雅鈞投了求救的眼神，但對方聳起肩膀，表示自己也無能為力。

「這是我的歉意，希望你可以接受。」駱以安露出難得的笑容，「我還趕得上夜景嗎？」

「當、當然可以啊！」我該怎麼把花給解決掉呢？駱以聲把這個疑問憋在心中，興高采烈地回覆。

當雙胞胎回到烘爐地的廣場，大夥聊得盡興，一同欣賞著臺北最美麗的夜景。

沒有人知道，位在人群後方的偵測儀器與筆記型電腦，出現了前所未有的數據。

檢測影氣的紅色指標猛地從左側彈到右側，顯示著此刻的臺北城，正有一股強大的影氣正在竄流。

第二章 距離感

由於今天沒有絲毫收穫，在看完夜景後，偵查組開始收起儀器，黑卣與金絲雀沒有注意到數據的劇烈變化，直接蓋上筆記型電腦收回到袋子裡。

「真討厭，我原本以為可以有進展的。」黑卣不甘心地說，畢竟這項影獸偵查計畫已經著手數個月了，卻一直交不出理想的成績。

「牠躲不了一輩子的。」金絲雀扛起裝著器材的後背包，嘿咻一聲的甩到背上，「總之我們只能再加油了，希望能在其他事務所發現以前先抓到羅迦，要是讓魂晶玉落入其他人的手中可就糟了。」

「我知道，那是司令最不想看見的情況，而且貝娜一定會宰了我。」黑卣用拇指做出割劃脖子的舉止，將器材放置到黑色轎車的後車廂。

「那我們在事務所見吧。」駱以安與黃雅鈞一組，牽起嘴角朝駱以聲笑了笑。

「好。」

駱以安一轉身，駱以聲立刻喚聲，「等等！」

對方一臉狐疑的轉過頭，靜靜的等待著。

「沒、沒有啦！」駱以聲搔搔頭，不知道為什麼無法像往常那樣輕鬆自在，最後只說：「對不起，是我太任性了。還有，謝謝你的……禮物。」

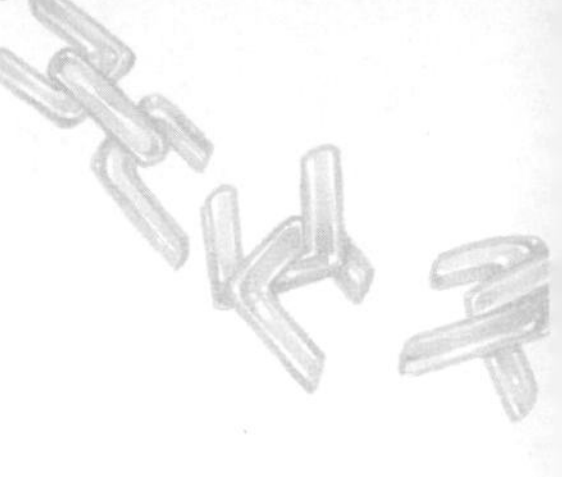

「不要緊的，我們和好吧。」

駱以安與駱以聲之間的心結在一場小小的夜景劃下句點。

駱以聲跟著黃雨澤與黑卣搭乘同輛黑色轎車離開。目送弟弟離開以後，駱以安才戴上安全帽，跨上機車後座，輕拍黃雅鈞的肩膀，「我們也走吧。」

烘爐地恢復了寂靜。在揚長離去的車尾燈的照耀下，拖曳的光線忽然反射出一雙隱藏在黑暗中的赤瞳，牠伏起身體，齜牙咧嘴地發出低聲嘶鳴，然後側頭望向燈光閃爍的臺北城。

牠有了目標。

深夜的臺北街頭變得寧靜，放眼望去只有商店打烊後拉下的鐵捲門。

黃雅鈞和駱以安騎乘的那輛機車遇上了紅燈，停在白線後方等待著。

「很高興你跟你弟弟和好了。」看著紅燈還有三十秒，她趁空檔向後座的駱以安說道。

「這要謝謝妳。」駱以安揉揉眼睛，身體湧上了一股無法壓抑的疲勞，他不由自主的擔心會耽誤到明天的工作。

從後照鏡看見駱以安的不對勁，黃雅鈞側頭問：「還好嗎？」

「還可以，只是好累。」

不過至少解決了與駱以聲之間的不和，對他來說是值得的。

當綠燈一亮，黃雅鈞催著油門，「我會盡快送你回去的，可別睡著了。」

但兩人都沒注意到，危險已經逼近。

當機車剛超越白線，進入危險的十字路口時，兩人頓時感受到一股幽暗的氣流湧出，剎那間，一輛車從右側猛地開了出來，直接撞上機車的側面。兩人的身軀飛了出去，機車則被捲到車底下，被輪胎絞得身首分離。

駱以安在路面滾了好幾圈，幸虧他戴著安全帽，沒有受到更嚴重的傷。

「呼……」白髮青年站起身，手肘、膝蓋等關節處都擦傷並湧出鮮血，同時腳踝的刺痛竄上腦門。

黑色的氣流仍瀰漫在周圍。駱以安忍著痛苦，一跛一跛的找到黃雅鈞的位置。她就像斷線的魁儡娃娃般倒在地上，在駱以安的白瞳中，他看到黃雅鈞的影子漸漸地被灰色給侵蝕。

那是……死亡！

雅鈞！

駱以安艱難的蹲下檢查黃雅鈞的生命跡象，她無力的身軀裡還有著微弱的心跳。

他想盡快將黃雅鈞送醫，正打算拿出手機求救時，困住兩人的那圈黑色氣流釋放出一種讓人窒息的感受，彷佛熬不過難關般的絕望感，讓各種負面情緒都受到吸引，從心底蔓生出來。

駱以安跪在地上，用力地抓著手機，努力壓制腦海中被呼喚而生的負面想法。然而，他的力量正漸漸被剝奪，四肢使不上力，連撥電話求救的想法也逐漸被吞沒了。

「影氣……」

駱以安咬牙，工作上過度操勞讓他無力抵禦這波入侵。

可惡！真的什麼都做不了了嗎？

這樣下去的話，雅鈞會死的！

突然間，在他近乎絕望的時候，周圍傳來規律有序的腳步聲，聽起來像是隊伍一塊移動般，然後好幾十抹人影慢慢走出影氣，將駱以安包圍了起來。

那些人都是被負面情緒完全操縱的平民，眼神空洞，行為舉止也完全不正常。他們抬起手，全數指向受困中央、沒有地方逃離的駱以安與黃雅鈞。

不知道為什麼，這幕讓駱以安想起了小時候被村裡的其他孩子排擠的回憶。

沉重的眼皮讓視線變得模糊，思考也開始停頓，他在偶然的眨眼中，看見了包圍他們的那群人的腳下，陰森的黑色影子彷彿有了生命，開始扭曲，正意圖具現化為有攻擊能力的影獸。

糟了……該怎麼做？

為什麼我什麼都辦不到?!

對自己的無能為力產生了憎恨，這讓負面情緒有機可趁，將之膨脹成為操縱人心的黑暗，讓駱以安逐漸迷失了。

影獸成形，各式各樣的咆哮貫徹天際。

駱以安不是不做掙扎，而是自己的四肢已經不能隨心所欲地控制了。

一隻犀牛輪廓的影獸瞄準了可口的美食，邁開足蹄，奔騰接近。駱以安看見迅速逼近的危險，仍什麼也做不到。他吞了一口口水，閉上眼睛，用盡全力把黃雅鈞擁到自己懷中。

「我不會讓你得逞的！」

這聲音……駱以安猛地睜開眼睛，一雙巨大的黑手從天而降，直接抓起身軀龐大的影獸向旁一甩，路旁的鐵捲門被強大的衝擊力撞凹了一個大窟窿。犀牛外型的影子失去了凝固的能力，縮回到宿主的腳下，宿主也陷入了昏迷。然而，在場的其他人無懼於此，依舊繼續試著發揮黑暗的力量。

駱以聲快步來到駱以安的身邊，他的身後凝現化了黑色人影。經由數個月的訓練，體型從三公尺成長到四公尺，原先黑色的肌膚也因為雙子之力的熟練，浮現出了白色咒文，像是某種束縛咒語。

「哥！你沒事吧？」

駱以安搖頭，低頭看著懷中彷彿熟睡的黃雅鈞，擔心的眼神立刻被弟弟捕捉到。

「雅鈞姐怎麼了嗎？」

「心跳很弱。」駱以安突然覺得害怕，深怕自己再也聽不見那細微的奮鬥聲。他雙手緊緊抱著黃雅鈞。除了阻止這一切以外，別無其他的選擇了。

對了，怎麼只有駱以聲而已？

「其他人呢？」

「大家都受困了。但我感覺得到你似乎正遭遇到危險，所以我告訴黑卣姐，她們替我開了一條血路，讓我趕來這裡。這樣子下去真的不是辦法。」駱以聲凶狠的目光掃視著周圍的人。

「我不知道該怎麼做，但我們必須盡快將雅鈞送到醫院。」恐懼，徹底襲擊了駱以安。

「這邊的路我記得，從那條路直走到底，右轉會看到大醫院。」駱以聲用拇指比了個手勢，「這次換我幫哥開路，你可要跟好喔！」

駱以安點點頭，將黃雅鈞從地上抱起來。

駱以聲背後的黑色人影從手心射出了數道火光，砸中了包圍圈的一角，燒毀其中三人的影獸，同時讓宿主進入昏迷狀態。

趁那短暫的空檔，兄弟倆二話不說往缺口奔跑。

「突破了！」駱以聲衝出包圍網，得意的說道。

但事情沒有結束，剩下的宿主緊追在後。

由於懷中抱著一個人，駱以安的步伐略落後駱以聲。有兩個宿主離駱以安只剩下幾步的距離，但駱以聲一個旋身，做出拋擲的動作，讓人影再次丟出火光，精準的命中那兩位宿主的影獸，讓哥哥得以暫時喘口氣。

兩人沿路跑著，顧不了是否會被路過的人們發現影獸，只知道現在最重要的事情是救黃雅鈞。

駱以安因為疲勞跑得越來越慢。發現到哥哥的不尋常以後，駱以聲也放慢了腳步，兄弟倆並肩跑著。然而有幾位身手矯健的宿主慢慢追了上來。

這樣不行，遲早會被追上的！駱以聲心裡這麼想，打定了一個會讓自己身陷危險的主意。

「哥，醫院就在前面而已，無論如何都要跑到那裡喔！」駱以聲停下腳步，讓駱以安一時領先了他。

駱以安氣喘吁吁的停了下來，往後望向駱以聲問道：「你在做什麼？」

「要有人拖住那些怪物。」駱以聲露出淡淡的笑容，「哥哥很累了，可是我還撐得住，就讓我來做這件工作吧。」

「可是……那太危險了！」

怎麼可能丟下你，我說過我不會放手的。

駱以安想往回跑，駱以聲卻搶先斥聲吶喊：「別跑回來！相信我吧，你一定要在雅鈞姐撐不住前抵達醫院喔！」

沉默了一會兒，駱以安咬著嘴唇，靜靜的點頭，然後轉過身背向心意已決的弟弟。

夜間吹起的風，將哥哥幾不可聞的話語傳進了弟弟的耳裡。

「我相信你。」

確認哥哥的腳步聲漸遠，駱以聲露出燦爛的笑容，「真是的，只是幾隻小咖的影獸，哪能阻止擁有雙子之力的我呢。」

他敞開雙手，迎接了數十位的挑戰者。

駱以安終於來到醫院。急診部門的櫃檯護士立刻聯絡了醫師與社工，並將受傷的黃雅鈞安置在病床上，緊急推入他無法深入的大門之後。

接下來只能等待。駱以安坐在急診室的等候區椅子上，低頭看著光滑的地板，調節自己的呼吸節奏，試著放鬆緊張的身體。

他在等待的不只是黃雅鈞，還有駱以聲。

雖然他看不到，但他清楚地感覺到，弟弟正為了守護醫院而奮力戰鬥，不讓那群人接近這裡一步，他的耳中彷彿能聽見狂戰中的咆哮，以及撕裂一切的噪音。

安靜的長廊裡，雙子間的感應與羈絆，讓駱以安的心與弟弟一同戰鬥。

他不自覺把雙手握緊，低頭喃喃自語：「我相信你。」

等待了幾十分鐘，倉促的腳步聲從長廊的另外一頭逐漸接近。駱以安不必抬頭，答案就已經浮現在心底了。

駱以聲在哥哥面前停下，大口的喘氣，過了五秒才啟口說話：「雅鈞姐怎麼樣了？」

「我不知道，醫生還沒出來。」窮著急是沒有用的，駱以安盡可能樂觀，「但是她會沒事的。」

駱以聲一屁股坐在駱以安旁邊，垮下雙肩。激戰後的疲累感超乎了自己的預想，尤其是在真正的休息之後，那股湧上來的噁心感讓胃開始絞痛，簡直要把未消化的東西都給吐出來。

「一次應付這麼多人，果然太累了……」駱以聲終於能體會哥哥不舒服的感受，對自己的無理取鬧不禁有些羞愧。

駱以安看他那汗流浹背的樣子，只覺得為他驕傲，「我很高興你沒事。」

「那是當然的啦！訓練了好幾個月總要有點進步吧？」駱以聲笑嘻嘻地說。跟駱以安聊起來後，身體似乎不再像剛才這麼累了。

「對了，哥有注意到這次的狀況嗎？」駱以聲回想著剛才的車禍，加上群體影獸化，「幸好那些人的影獸都太弱了，要是更強一點的話，我就不知道能不能扛得住了。」

「我也很納悶這件事情。」駱以安從弟弟的手臂上看見了好幾塊瘀青，還有手背的刀傷、齒痕，證明著弟弟剛才經歷過一場硬戰。

駱以聲兩手撐著椅子，仰頭直盯著雪白色的天花板，大嘆一口氣，「啊——看來這件事情會非常麻煩啊。」

駱以聲瞥向駱以安，「吶吶，哥，你覺得會跟羅迦有所關聯嗎？」

「在事情沒有明朗前，我不會妄加猜測。」駱以安冷淡淡地回應。

「也是啦！啊——」旺盛的精力已經被剛才的激戰燃燒得見底，駱以聲不免咕噥抱怨：「真想趕快回房間睡一覺，感覺肩膀都快斷了。」

他按住了後頸，一種像被蜜蜂螫到的刺痛刺激著皮下的神經。

這時，急診室的大門被推開，一名醫師率先走了出來。駱以安和駱以聲兩人著急的站了起來。

「是黃雅鈞的家屬嗎？」戴著衛生口罩的醫生問道。

兩兄弟互看一眼，搖搖頭：「是朋友。」

「那能方便你們連絡家屬嗎？」穿著白色醫師袍的醫生肅著一張臉。

「可以是可以啦，但是雅鈞姐到底怎麼樣了？」駱以聲急切的問道。

「黃雅鈞小姐身上並沒有嚴重外傷，但因為車禍的衝撞導致昏迷。她的昏迷指數是七，屬於重度昏迷，所以需要住院觀察。」醫生指著兄弟身後的急診部櫃檯：「麻煩你們聯絡她的家屬，並在櫃檯那邊登記小姐的資料，稍後我們就會將她轉進加護病房。」

聽到「重度昏迷」四個字，兄弟倆睜大了眼。駱以聲顫抖著雙唇，惶恐地說：「騙、騙人的吧？重、重度昏迷什麼的……怎麼會……」

「由於腦部重創的關係，你們要有點心理準備，很有可能會成為植物人。」醫生看著兄弟的表情，只好說：「不過也有可能順利清醒過來。」

「你在說什麼鬼話啊！」駱以聲嘶吼道，他迅速跨出一步，雙手緊扯醫生的衣

領。

駱以安急忙試圖拉開駱以聲的手，「冷靜點！」

駱以聲手上的力道不減反增，醫生面紅耳赤的掙扎著。

「你們要拯救雅鈞姐啊！怎麼可以說得這麼不關你們的事情啊——你們不是醫生嗎？難道只是做表面的嗎？」

「我、我們已經……盡力了，現在只能等病人自己的造化了。」醫生掙脫開來，轉過身回到大門裡面。

留在原地的兄弟倆一時陷入迷茫，不知道自己究竟還能做什麼。

接到駱以安的電話，黃雨澤與黑卣紛紛趕來醫院，不過等待他們的卻是噩耗。

得知妹妹的狀況，向來溫和好相處的黃雨澤幾乎不敢相信，臉上露出了深深的絕望。

「你們振作點，總之先辦理住院手續吧。」黑卣將黃雨澤拖到櫃檯以家屬的身分填寫住院資料，兄弟倆靜靜的站在他們後方。

趁黃雨澤填寫資料的時候，黑卣走到駱以安身邊。她收斂起不正經的態度，認真地說：「你做得很好，不要想太多，更不要推託到自己身上。」

「我相信她會沒事的。」駱以安盯著黃雨澤的背部。他不單單只是說給黑卣聽，也是說給在專心寫資料的那人聽。

住院手續辦好後，他們獲准前往加護病房，探訪躺在床上、表情安詳的黃雅鈞。黃雨澤坐在病床邊，雙手捧著一杯溫開水，擔憂的看著妹妹，暗自在心中祈禱。

為了讓兄妹能夠獨處，黑卣跟雙子從加護病房出來，來到了醫院內部的便利商店，在商店附設的座椅休息。

「你們一定累壞了吧。」黑卣買了幾罐熱奶茶放到兄弟的面前，自己也開了一罐。

「還可以。」駱以安嘴上雖然這麼說，但已經不自覺的揉著眼睛好幾次了。

「金絲雀姐跟其他人呢？」駱以聲以為眾人都會來醫院探視，沒有料到只來了兩個，其中一位還是自己不怎麼敢單獨相處的人。

「雀雀回事務所幫我統整資料，她要準備報告給司令看，其他人順便回去放器材，只能說這次的行動真的很沒有成果，我都快沒臉待在偵查組了。」黑卣喝著熱奶茶暖和身體。

「那麼黑黑姐對這次的狀況有想法嗎?」

黑卣沉思了一會兒，最後搖頭，令有些期待的駱以聲失望了。

「等我回到事務所調一些數據資料，才能告訴你們我的推測。不過我可以肯定，這件事情非常的不尋常。我在偵查部待這麼久，從來沒有見過集體影獸化的狀況，看起來就像是刻意埋伏我們一樣。不過他們的影獸數值都很低，我推斷是被負面情緒影響的。」黑卣說出之前幫雙子上過課的內容。

「那些昏迷的人呢?」駱以安啜了一小口熱奶茶。

「我們帶了兩位受害者回到事務所，明天等他們醒來就進行筆錄，需要找出更多的資料，然後把這件事情給釐清才行。說到這個，你們不打算回事務所休息嗎?」黑卣邊喝邊聊，一下子就把奶茶喝光。

兄弟倆互看一眼，內心裡想的都是同一件事情。

「我們很擔心雅鈞姐的狀況……」駱以聲說得小聲。

「大家都會擔心的，可是自己身體也要顧好，才有資格照顧別人。」黑卣捏扁空罐，「今天晚上就讓雨澤跟雅鈞好好獨處吧，我們外人就算要打擾也等到明天，所以今晚就回事務所好好休息吧，好嗎?」

被黑卣這麼一勸說，雙胞胎不再堅持留守在醫院裡面。的確，他們兩兄弟現在最欠缺的就是「休息」。

簡單告別黃雨澤，黑卣開著轎車送兄弟倆回到事務所，才一上車就發現後座的雙胞胎頭靠著頭，呼呼大睡起來，那模樣讓夜間開車的她覺得非常賞心悅目。

駱以聲做了一個夢，那是許多零碎片段組成的夢境，地點在小時候居住過的深山村落，然後母親與哥哥都在自己的視線裡，奇怪的是有些事情發生了，可是他卻沒有半點印象。

當他看見烈焰吞噬了夢境，火舌咬碎了母親與哥哥的身影，他猛地嚇了一跳，從床上彈起來，才意識到自己做了一場惡夢。

駱以聲側向旁邊的床鋪，在鵝黃色的夜燈裡看見哥哥熟睡的背影。他坐在床上一陣子，雖然身體依舊沉重，不過精神已經恢復不少，於是他下了床，從保溫瓶中倒出一杯涼開水。

就在此時，視線中的水杯產生了疊影，駱以聲忽然覺得頭暈不適，勉強用手及時按住桌面，撐住自己的身體，不料後頸的刺痛又再次襲來，像是許多隻蜜蜂螫著

肌膚，疼痛感比在醫院那時更甚。

怎麼回事……

腦海閃過了一段畫面，駱以聲恍然大悟。

他迎戰數十多隻影獸的那時，由於面對群攻，視線的死角讓駱以聲一時沒注意到一隻黑虎竄到背後，襲擊了黑色人影的後頸。雖然後來贏得勝利，但相對的受了不小的傷害，後頸也開始隱隱作痛。

他不認為那有什麼大礙，誰知道這道傷口卻讓他特別難熬。

駱以聲喝了幾口水，右手用力壓著後頸，希望能舒緩疼痛。那種刺痛彷彿深入骨髓，讓他痛得想大叫，可是又不想驚擾駱以安，更不想讓大家操心著雅鈞的同時，還得費心照顧他。

駱以聲下定決心要隱瞞這件事情。

他拖著疲憊的腳步回到床上，讓另外一場夢境強壓脖子的痛楚。但他並不知道，有人睜開了眼睛，聽見了那壓抑住的痛苦呻吟。

隔天一早，整晚無法安睡的駱以聲還是得出勤工作，只好跟著駱以安的腳步前往食堂。

在前往電梯的路上，駱以安等待著弟弟將昨天的事情告訴他，但對方卻隱瞞了這件事情，一種難以言喻的隔閡感讓他感到微微不安。

這時，一名虎背熊腰的男性從房間走了出來，白色背心與短褲的休閒打扮擋住了兄弟的去路。

「早安，阿勝哥。」駱以聲舉起手，簡單打了招呼。

「早啊！我從阿樂那裡聽說了昨天的事情，你們沒事吧？」詹勝安是事務所中的巡影者菁英副隊長，擁有與雙子血共鳴影之力的平凡人類。

「當然沒事啦！只是好想請假再睡一天喔。哈哈——」駱以聲笑著說，「對了，阿樂哥呢？不一起去吃早餐嗎？」

「他一早就去處理昨天的受難者事宜，我們需要調查出是什麼原因讓那些人像被操縱一樣，這可不是件好事啊！所以今天就我們可憐的共桌吃早餐吧。」

「但是阿勝哥不用去嗎？你堂堂一個副隊長——」

駱以聲的話直接被詹勝安打斷，「廢話，堂堂一個副隊長，當然要去吃早餐才有體力幹活啊！」

詹勝安與雙胞胎有說有笑的穿過長廊，搭乘電梯前往食堂。

綽號阿樂的巡影者隊長，正坐在訊問室的桌前看著對面的兩位受害者，分別是一男一女。

「根據我們手中的報告，兩位都是在科技公司上班吧？工作壓力會很大嗎？」

考量到影獸是因為人心的負面能量而具體化，阿樂必須深入調查，找出這群人集體影獸化的原因。

「是的。」那名男性唯唯諾諾的說著。由於剛醒來不久，他還搞不清楚自己在什麼地方，只覺得眼前這個對他們問訊的男性不是好惹的對象。

「那麼，恕我直言，你們有沒有過輕生的念頭？」阿樂直搗黃龍。人在面臨生死抉擇時，也是最容易被負面能量給侵蝕的時候。

答案卻不如預期。

「沒有，我雖然很討厭上司，可是我還滿樂觀的。」那位男性長得斯文有禮，笑起來的模樣還算陽光，「上司大概已經把我放生了，所以我做好自己本分就好。」

阿樂瞥向另外一位，「那妳呢？」

「雖然工作壓力很大，可是我很喜歡這份工作，所以我並沒有輕生的念頭。」

那麼為什麼會有影獸？阿樂轉著手中的原子筆。

「那你們記得昨天晚上自己做了什麼事情嗎？」阿樂說：「請仔細回想，不用急著給我答案。」

兩名受害者聽了阿樂的話，開始回想起昨天從公司下班之後的所有行程。

「我想你想聽的應該是奇怪的事情吧？但我昨晚沒碰到什麼怪事，只是手機不小心摔到地上，螢幕一角撞碎了……這算是衰事吧？然後我突然聽見貓叫聲。」

「貓叫聲？」阿樂瞇起眼睛。

女性驚訝的附和：「我也有聽到貓叫聲！也是在我昨天不順的時候。」

阿樂拿記錄著兩人的口供，詢問：「貓叫聲是在你們發生意外事件之後嗎？那麼聽見聲音之後你們還記得自己怎麼了嗎？」

男性想了想，「就跟平常一樣，我回到家上床睡覺。」

「我也是。」

夢遊？阿樂揣測著可能性，問道：「那你們現在身體有什麼不適嗎？」

男性回答道：「除了做了一場惡夢以外，沒有什麼問題。」

「既然這樣子，我等一下就安排人送你們離開這裡，非常謝謝你們配合我們的調查。」

做完筆錄了，但沒有得到有力的證詞，阿樂不免有點失望。

兩位受訪者互看一眼，朝阿樂一致說道：「謝謝你。」

「不客氣，是我該道謝感謝兩位的配合。」阿樂有禮地起身致謝。就在這時，一陣突如其來的天搖地動，讓三個人險些重心不穩。

日光燈閃爍著，阿樂環顧四周不敢輕舉妄動。

這是地震？

正疑惑著的阿樂眼角餘光捕捉到了不尋常的地方。為了看得更清楚，他眨眨眼，映入他那雙深邃眼瞳的是那對男女，他們的眼睛散發耀眼的光芒，肌膚上隱約有黑紅色的網狀紋路蔓延著。

那是……什麼？

此時，那對男女猛地站起身，他們張開嘴，一片赤紅色的光輝從口腔射了出來！難道是炸藥？

糟了！

若真的爆炸的話，整棟事務所會被嚴重波及的！

紅寶石色的璀璨光輝籠罩了密閉室內，從那兩人口中微微散發出來的熱氣讓室溫不斷提高，更加證實了爆炸的可能性。

「阿樂！」

一名氣喘吁吁的女性打開房門，她一看到室內景象，先是愣了一會兒，接著迅速地伸出雙手，對準發生詭異狀況的兩個人類。

兩顆琉璃色的巨大泡泡出現並框住了兩人，不斷膨脹的紅色光輝瞬間熄滅，兩個人類立刻昏厥過去，地震也在這一刻停下來了。

「看來我們還不能放他們走。」救了阿樂一命的女性是事務所的祕書，也是巡影者的菁英之一，綽號貝娜的李憶萱。

「我差點就被炸死了。」阿樂鬆了一口氣，垮下雙肩直接坐在椅子上，嚇得動也不敢動了。

「幸好你沒事。我剛看到新聞，很多地方都發生了爆炸。」

貝娜拿出智慧型手機，播放一段新聞插播影片。

「北部數個區域都驚傳大規模爆炸，包含南港、內湖、北投、士林、土城等區，現場正進行緊急撤離，傷亡人數以及事發原因不明。請民眾不要貿然靠近。」

「所以是恐怖攻擊囉？」阿樂認為這不太可能是影獸的作為。

「政府是這麼認為，可是我覺得不是。」貝娜收起手機：「這兩個人的異狀不可能是恐怖分子所為，一定是影獸造成的。」

「但我們不知道牠究竟是怎麼辦到的。」阿樂回想數個月前第一次與羅迦交手的情況，「而且我不能肯定這是羅迦的作為，那次的戰鬥牠並沒有這種超群的能力，除非……」

兩人異口同聲的說：「牠進化了。」

第三章　灰沉沉的天空

新聞裡瘋狂地報導多起大規模爆炸的狀況，讓民眾可以在第一時間理解事態的嚴重性，但並沒有人知道這件事情是影獸的作為，除了那些隱藏在暗處、整裝待發的巡影者們。

為了找出相關證據，大部分巡影者進入警方封鎖範圍搜查。每個人都板著面孔，心中燃起的憤怒烈火壓過了對影獸的恐懼，只為了解決肇事根源。

今天的天空，陷入了灰濛濛的泥沼中。

駱以安與駱以聲在中午時到了醫院，直接來到黃雅鈞居住的病房，恰巧與裝水回來的黃雨澤撞個正著。

「我以為你們會晚點來的。」黃雨澤拿著水瓶，用手臂推開門，「貝娜跟我說明狀況了，事情好像很嚴重。」

「是啊，那時候在事務所的地震也讓我嚇到了……」駱以聲幾乎不敢回想那種搖晃。

「你還躲到桌底下。」駱以安冷不防的道。

「哇啊！很可怕嘛，而且躲桌子下是常識啊，就跟地震的演習一樣。」感覺很沒面子的駱以聲嘟起嘴巴。

黃雨澤微微笑了，心底的陰霾似乎隨著雙子的到來而消散了一些：「躲起來是正常的事情，沒什麼好丟臉的。」

黃雨澤倒了水給兩兄弟，讓他們坐在床邊的折疊椅上休息。

黃雅鈞面容安詳地躺在病床上，彷彿只是睡著了。兄弟倆心情矛盾的看著她，心情都有些無法適應。尤其是哥哥，心裡不自覺的回想起她摔車重創的那一幕。也是在那一刻，駱以安才真的明白人類有多麼脆弱，並不像自己與弟弟那樣擁有強大的力量，能夠保護自己免於受傷。

沒能保護黃雅鈞，駱以安非常懊悔。

伸出一隻手搓揉駱以安的白髮，黃雨澤平靜的說：「沒事的，她只是做了一個美夢，等到夢結束就會醒來了。而且她的影之力已經讓傷口復原，現在只要靜待她醒來。」

黃雅鈞在先前的阿努比斯事件後，得到了治癒的能力，成為了應付影獸的強力後援。

但駱以安沒有想得這麼樂觀，他反覆的問著自己：真的會醒來嗎？

醫生說得清楚明白，但考量到黃雨澤的心情，駱以安決定將疑問吞回到肚裡，只是默默的點頭，暗暗祈禱她能清醒過來。

「雨澤哥，你先回去休息一下吧，不然回家洗個澡放鬆一下也好。」駱以聲說出了此行的目的。

除了想守護黃雅鈞以外，上頭也命令雙子待在醫院，避免人滿為患的醫院大型建築遭受恐怖攻擊。

「可是雅鈞她……」黃雨澤顯然不想離開。

「我們會照顧好她的，誓死都會保護她。而且——」駱以聲展現氣魄的說，「雨澤哥也要讓爺爺知道吧？這畢竟是一件大事。」

黃雨澤將視線從病床上移開，恰巧對上駱以安的白瞳，對方淡然啟口，「你該休息。」

駱以安清楚看見黃雨澤的面容充滿疲憊，就連影子的顏色都已經出賣了表面堅強的本人。

黃雨澤鬆下肩膀，「我知道了，我妹妹就先麻煩你們照顧了。」

雖然不捨，但他的確需要休息，才能應付接下來有可能發生的任何狀況，黃雨澤留下兄弟倆快步離開醫院。

「我好擔心雅鈞姐。」駱以聲站在病床邊，兩手按著欄杆，緊張的看著那沉睡的面孔。

沒有聽到駱以安的回覆，駱以聲抬起頭，「哥難道不在意……嗎？」

他看見了好幾十年都不曾出現過的東西。

駱以安低著頭，抑制不住的眼淚像盛開的花朵，在光滑的地板上刻畫出一朵朵艷麗的花。

駱以聲不再說話，別開了視線。窗外的天色陰沉得讓人覺得有些不吉利。

「好像要下雨了……」駱以聲抓起桌子上的遙控器，打開了電視節目，立刻接收到了新聞頻道的最新報導。

「目前確認罹難人數有一百五十名，重傷送醫者超過兩百名。警方仍然在現場尋找線索，不排除有第二波恐怖攻擊的可能，請民眾注意自身安全。」

新聞畫面裡，黑卣與其他同事穿著西裝，群體進入焦黑的辦公大樓採證。

瀰漫的焦黑臭味撲鼻而來，黑卣跟眾人正在辦公大樓的一樓大廳。她觀察了周遭建築物的受損情況，壓著耳朵的無線耳麥：「雀雀，我這邊沒辦法進入爆炸現場，

電梯跟樓梯都壞了。」

「我幫妳調查一下。」金絲雀待在事務所的偵查部，利用私人網路連線到衛星，駭入辦公大樓的加密文件，找到了建築物的立體多面圖。

她開啟觸控功能，在多面圖上面不斷旋轉、縮放，然後她找到了一條樓梯，隱藏在一般人不會察覺到的牆壁裡，「黑黑，妳看妳的右後方，有看見什麼東西嗎？」

「一些瓦礫、垃圾、燒毀的植物算嗎？」黑卣忽然瞇起眼，注意到了，「有扇防火門，寫著員工樓梯，閒雜人等禁止進入。」

「賓果，從那邊可以往上移動，不過我不知道爆炸的程度，請注意安全。」

黑卣率領同事順利找到完好的樓梯一路往上，他們的目標是七樓的辦公室，爆炸發生的地點，一定能找到有用的線索的。

如果這一切都是羅迦造成的，那麼就麻煩了。黑卣難掩恐慌，在煙霧瀰漫的樓梯間喘氣行進著。

當爬到了六樓，眾人卻發現六、七樓之間的樓梯被爆炸影響產生了一個斷層，背著沉重儀器進入的夥伴們絕對沒辦法跳躍而過，但卸下裝備也無法進行現場勘查，黑卣聯絡總部尋求協助。

「雀雀，通往七樓的樓梯斷了一截，我可以跳過去，但其他人沒辦法，妳看看六樓有沒有其他通道可以到七樓。」

「知道了，馬上處理。」金絲雀繼續縮放多面圖，鎖定了六樓樓面，但其他樓梯都已是斷壁殘垣，「沒有辦法，只能從你們現在的樓梯前往七樓。」

「這樣啊……」黑卣轉過身面對其他五人，「那麼我就跳過去吧，把其中一組偵測儀器丟給我就好，你們待在這裡等我。」

「我們也可以過去啊！只要把那些器材都丟過去的話——」

黑卣臉色一變，斥聲說：「不要做傻事，那些器材禁不起摔的。」

「總之我過去，然後你們把比較重要的丟給我，剩下的就先放在地上吧，你們等我回來就好。」

黑卣輕而易舉的跳過去，順利接下了對面同事們丟來的裝置，手掌大的偵測儀器、筆記型電腦、外接式硬碟，還有像天線的柱狀感應器。

黑卣抱著笨重的裝備，推開七樓的防火門。眼前只有一小塊空地可以移動，剩下的地方都被殘骸掩埋。爆炸的中心就在這層，八層以上的樓面直接斷成兩截，砸向地面，波及許多無辜。

陰沉沉的天空從扭曲的鋼骨結構間映進黑卣的眼中，「這究竟是……」

她必須在下雨以前把電子儀器設置好，並且立刻調查附近有沒有影氣反應，已經沒有時間多愁善感了。她把柱狀體放在地上，藍芽連線著筆記型電腦，並透過外接式硬碟，開啟私人加密文件，然後將偵測儀表放在電腦旁邊，靜靜等待著。

她打開電腦文件，啟用了天線般的感應器，同時間在儀表上也產生了微微的指標變化。

「果然是影獸造成的，貝娜說的沒錯。」黑卣離開電腦前，遊走了一圈，發現了一塊深色的石頭與其他石頭不相符，一探之下果然上面有大量影氣。

「看來發現了個好東西。」黑卣從背包拿出夾鍊袋與白手套，將搜查的物品小心的放進透明袋中。

彷彿還能聽見人們驚慌失措的尖叫聲，黑卣嘆了一口氣，雙手合十膜拜，希望受害者都能安息。

她在心中許下了誓言，絕對要重懲影獸的作為。

就在她收拾裝備時，忽然傳來細微的聲響。

「叩叩——叩——叩。」

一顆小石頭從石堆中滾落，滾到了黑卣的腳前。

她低頭查看，剎那間，眼前的灰石堆朝左右滾落，一個彎著背的人影從中拱起。

黑卣發現活人跡象，立刻協助搬石，卻不知道自己犯了個天大的錯誤。

「妳沒事吧——」

一名披頭散髮的女性立於她的面前。女子雙眼泛紅，臉上的皮膚燒灼潰爛，甚至是露出了白骨。傷重的女性不言不語，只是扭動著脖子，頸骨喀喀作響。

「妳……」黑卣防衛性的後退一步，但是背後除了防火門以外沒有出路了。

黑卣觀察著對方的一舉一動，恐懼意識與求生本能綜合起來，讓脖子上的雙子血墜鍊散發出耀眼的光輝，直射女子的眼睛。女子像噬血的猛獸般齜牙咧嘴起來。

是影獸！

這人就跟昨天遇襲的那群人一樣，不過為什麼她沒有死？黑卣還在思考，女子就像發狂了一樣衝了過來。

黑卣急忙操縱影之力將影子變化成畫具，沾上鮮紅色的顏料往地面一揮，從顏料中噴射出來的烈焰連綿成一道炙熱高溫的火牆。女性露出懼怕的眼神，退了好幾步。

這個人究竟是怎麼了？黑卣聯絡金絲雀：「雀雀，我這邊出現了敵人，雖然還沒有影獸，可是對方的精神狀況不尋常。」黑卣嚥下口水，塗抹藍色顏料預防襲擊。

「黑黑，別戰鬥了！」金絲雀激動的大喊，「趕快跑啊！」

「跑？」黑卣尚未意識到怎麼回事。女子趁黑卣一個分心，跳到高空，輕而易舉的躍過了火牆，直撲壓著耳朵通訊的她。

「什——」還來不及反應，黑卣就被女子撞倒在地。

對方坐在她的腰上，飢腸轆轆的咧開嘴，直接對著往黑卣的脖子處咬下！

手臂反射性的往上一抬，黑卣扣住對方的脖子，勉強躲過那利齒。女子兀自掙扎著，唾液沿著黑卣的手臂流下，沾到她的臉頰。黑卣咬緊牙根，說什麼也不能在這裡就輸了！

「黑黑，妳、妳沒事吧？黑黑?!」剛才聽見黑卣的慘叫及悶哼聲，待在總部的金絲雀坐立難安，立刻起身看向劉司令：「報告司令，黑卣的狀況很危急，我要去支援！」

「去吧。」劉司令放了人，喃喃自語：「這次真的遇到難關了。」

黑卣還在奮力掙扎著，但力氣漸漸不支。再這樣下去，自己會成為這瘋子的午餐的！

怎麼辦？有辦法的吧，快思考啊！

黑卣忍著對方口中瀰散出來的惡臭，似乎是想到了什麼，她勉強伸出左手，用調色盤重擊女性的頭部。趁女子暈眩的幾秒鐘空檔，黑卣立刻起身，撿起地上的畫筆，塗上了香蕉黃色，直接往女子的破舊上衫一畫。

瞬間的強光讓女子發出慘絕人寰的尖叫，她一路後退，全身像被浸泡在岩漿裡般，灼傷了她每一吋肌膚。一會兒後，光芒的效果消失，女子終於得到喘息的機會，立刻往反方向的窗口跑了過去，縱身一跳，消失在黑卣的眼裡。

沒想到讓她逃了。黑卣收起自己的影子，不無遺憾。就在她撿起地上的美工刀時，一條繩子毫無預警的綁住了腰部。

「什——」

漆黑色的繩子，讓她睜大了雙眼。下一秒，拉扯的力道讓她整個人飛離原地，一路往女子墜落的方向被拉了出去。

高空墜落的感覺讓黑卣湧出了嘔吐的欲望，她沿著身上的尾巴看去，原來是那

女子身上長出來的。

真是陰險狡詐，可惡……

越是掙扎，尾巴就像蟒蛇一樣捆得越緊，緊到黑卣幾乎無法呼吸了。

賭著最後一口氣，她拿起美工刀往尾巴上猛力一劃，黑色液體噴濺而出。女子痛得鬆開了綑綁，尾巴也縮回體內。幾秒後，女子在行人廣場上墜成一灘爛泥。

沒有任何辦法可以求救的黑卣認命了。

沒想到會落到這樣的結局。

不想死啊……怎麼會就這樣子死了呢？

明明還有很多事情沒做的啊，明明還沒好好享受人生的啊！

在墜落的途中，她想起與金絲雀第一次去事務所面試的回憶。兩人正經八百的態度跟現在截然不同，分配到同寢室的最初交集，還是因為一本猛男寫真集。

第一次出任務時，因為覺得自己做不到事務所要求的，加上對影獸的恐懼感，黑卣的心不慎被負面情緒侵占，創造出了影獸。

她始終忘不了，金絲雀的那雙手永遠都沒有放開她，儘管在黑暗中也像是溫暖的陽光般，照耀著她，讓她從影獸的控制中掙扎脫困。

這些回憶就要沒了，不捨的情緒讓眼淚奪眶而出。

「黑卣——」

不應該出現在這裡的聲音劃破了天際，傳進黑卣的耳朵。

她猛地往上一望，只見一個飄逸著金色長髮的女子飛過辦公大樓，兩對金色微透明的翅膀猛地一拍便向下俯衝，迅速接近黑卣。

「快抓住我的手——」金絲雀往下方伸出手，咬牙說著。

地心引力讓兩人的距離漸行漸遠，看著金絲雀奮鬥的樣子，黑卣不由熱淚盈、眶。

因為金絲雀的存在，她才能度過一次又一次的難關。黑卣按捺不住情緒，激動的顫抖著嘴角：「我、我……我不想就這樣死掉啊！」

她伸出手，抓住了金絲雀的手。

金絲雀翅膀一張，拉著黑卣整個人往天空飛翔，安全降落在辦公大樓上。

金絲雀汗流浹背，氣喘得說不出任何話。

黑卣心有餘悸的整個人坐在地上，還沒有從剛才的驚險中恢復過來。

肩膀被輕輕一拍，黑卣抬起視線，原來是金絲雀，真誠的笑容在對方的臉上綻

放著。

金絲雀輕柔的說：「幸好妳沒事，還好趕上了……」

那一刻，陰沉沉的臺北天空，下起了第一場雨。

黑卣鬆下緊繃的肩膀，笑了，「是啊，謝謝妳了。」

待在醫院的兄弟倆陪伴著黃雅鈞度過了中午時間，兩人看著窗外，有一搭沒一搭的聊起兒時的趣事。回想起童年，他們覺得滿心懷念，決定要在解決掉羅迦後，找個時間向事務所請假回老家一趟。

「還記得嗎？我們小時候總是被排擠，長大後才好一點，真是太好了。」駱以聲沒有忘記自己總是被欺負，每次都是哥哥跳出來保護他，才讓他漸漸的堅強起來。

「但村子不在了。」駱以安有時候也想選擇不想去面對這項現實。

駱以聲沒有再繼續說話，側過頭看向大雨中的臺北城。

「咦？」他彷彿看到，群樓之中一股幽黑的氣體若隱若現著，駱以聲揉揉眼睛，窗外那東西還是存在。

「哥，那邊出現影氣了，範圍好像很大！」

駱以安立刻來到窗邊確認：「如果蔓延過來的話，這裡會很危險。」

「我去阻止！」駱以聲拿起椅子上的外套，迅速穿上身，拉起拉鍊，手卻被哥哥一把拉住。

「我也去，要是遇到危險的話……」

更何況，駱以安覺得昨夜弟弟的行為不尋常，憂心忡忡地想一同前往。

但駱以聲用手撥開了駱以安，「哥，你留下來照顧雅鈞姐，只是幾隻影獸而已，沒什麼大不了的。」

短暫的眼神交會中，兄弟倆就已經明白了彼此的心意。

駱以聲眨著眼，嘻皮笑臉的伸出手搭在哥哥的肩膀上，「我去去就回，幫我好好照顧雅鈞姐。」

「我會照顧好她的。」

駱以聲得到了保證，正準備邁出病房，卻聽到駱以安喚道：「以聲——」

弟弟頓住了腳步。駱以安繼續說：「保護自己，我相信你。」

「知道了。」駱以聲關上房門，心底因為哥哥的支持而更有勇氣自信。

他奔跑著離開醫院，攔了一輛計程車前往影氣散發的地點。

為了安全起見，駱以聲提早一條街下車了解狀況，並且提醒司機不要開到前面去。不過有件事令他非常疑惑——為什麼這裡產生了那麼濃厚的影氣，路上的行人卻絲毫不受影響的樣子。

手機在這個時候響起來。

「以聲嗎？」

「阿樂哥！怎麼了嗎？」為了避開雨勢，駱以聲沿著騎樓前進。

「你知道你現在的位置出現影獸反應了嗎？」阿樂急促地說，「不要貿然行動，我跟阿勝馬上趕到你那裡去！」

「我看得見影氣，我會等你們過來的。」掛電話後，駱以聲還是阻止不了自己的好奇心，沿著影氣散發的地點追蹤。

走到半路，前方開始傳來此起彼落的尖叫聲，許多人都往反方向奔跑、推撞，每個人的臉上寫盡了恐懼。接著，一陣震耳欲聾的咆哮聲傳來，前方更颳起一圈旋風。

紙包不住火，這個世界的人類，已經知道影獸的存在了。

在一棟高樓門口，穿著西裝的男性一臉痛苦的按著胸口，影子與肉軀成為了影獸的宿主。三公尺高、獅子外型的影獸看見駱以聲，齜牙咧嘴的發出低鳴聲。

有個協助撤離的警察看到駱以聲，急忙的道：「年輕人快跑啊！」

「警察叔叔，你趕快找個安全的地方吧，只有我可以阻止這傢伙了。」

被負面情緒所吞噬，變成宿主的男子陷入深淵，否認自我的想法緊緊掐住他的心頭不放。一圈影氣緩緩包圍起宿主，這是影獸為了避免宿主被殺的小手段。

看見有很多人們留在原地觀看，駱以聲斥聲大罵：「趕快離開，留在這裡很危險的！」

影獸用赤紅色的眼眸上下打量著眼前可口的美食。

沒想到光是注視就這麼可怕，駱以安吞下口水，雙手不禁顫抖起來。

這裡有駱以聲必須保護的人，他的工作就是以雙子之力制裁凶惡的影獸。他沒有退路，也不知道何時會有支援，但他絕對不能放任影獸肆意妄為。

在支援抵達以前，無論如何都要擋下來！

駱以聲敞開雙手，「我不會讓你通過這裡的！」

「吼吼吼——」怪物發出刺耳的叫聲，像是接受了駱以聲的挑釁，伏下身體，後腳一蹬往前飛撲向駱以聲。

見狀，駱以聲腳下的影子扭曲變形，化作四公尺高的黑色人影，以手刀往下一劈！不料對方往側面跳躍避開攻擊，趁隙伸出尖爪，奮力一揮。

駱以聲急忙抬起左手臂，讓黑色人影硬生生擋下獅子的利爪，接著將手臂往外推，擊退了凶猛的影獸，牠不甘願的發出嘶吼。

駱以聲受了一記爪傷，痛得頭皮發麻，估計無法再擋第二下了。

可惡……

拉開距離戰鬥吧，駱以聲讓人影丟出燃燒著黑焰的火玉，想靠變化路徑讓對方措手不及。偏偏影獸利用靈活的四肢與迅速的動作，避開了連串的火攻。

「怎、怎麼會！」火玉失效了？駱以聲瞠目結舌的望著。

獅子尾巴是一隻埃及眼鏡蛇，那尾蛇嘶嘶吐舌並露出毒牙，噴出大片墨綠色濃煙，一下子就隱匿了獅子的蹤影，而且濃煙不停地蔓延，連駱以聲也被吞沒，把這一帶都籠罩在視野不佳的毒霧中。

「啊啊啊——！」駱以聲痛得大叫。

碰到毒氣的皮膚像澆到熱水般開始冒煙，駱以聲痛得跪坐在地，身後的黑色人影也因為雙子之力的不穩定，失去了支撐。

本能驅使著他逃跑，但四肢動彈不得，只能在原地飽受各種痛楚。因為呼吸到毒氣，他的心臟猛力一收縮，視線變得模糊，逐漸產生了幻覺。

哥？

眼前出現了哥哥的背影，他想叫喚，但喉嚨彷彿被火灼傷，嘴裡瀰漫著噁心的血味。

果然只能依靠哥哥……哥，我很遜吧？

突然間，前方的背影一揮右手，一把鋒利的劍以劍風吹散濃煙，讓獅子瞬間無所遁形。

那不是哥，是……阿樂。

忽然覺得身體變輕，駱以聲這才意識到有人將他攙扶起來。毒素讓他頭暈目眩，對方說什麼他也沒聽見。就在剎那間，後頸上的咬傷猛地收縮，他全身一顫，發出淒厲的叫喊。

「啊啊啊啊啊啊啊──」

駱以聲昏了過去。

站在前方支開影獸的阿樂被尖叫聲嚇了一跳：「阿勝，以聲狀況怎麼樣了？」

「應該是吸入太多毒霧造成的。」詹勝安把駱以聲抱起來，離開現場。

昏沉沉的駱以聲做了個夢。他看見母親的身影，還有已逝的父親，一家四口和樂融融，有說有笑地吃著熱騰騰的飯菜。

有空的時候，兄弟倆就會到河岸邊，慵懶的度過一天。

在臺北的生活彷彿是一場夢境，夢裡的童年與村莊才是真實的生活，和哥哥一同歡笑、一同悲傷，然後走過很長的日子。

但在之後，災難來臨了。

他看見自己的身體裡浮現出了赤紅色的紋路，體內有股與以前不同的力量正在膨脹，讓他斷了好幾根肋骨，如同置身在火海中，越來越燙。

然後哥哥遠離了他。他想呼喚哥哥救他，卻沒有辦法說話，只能眼睜睜看著村子的人一起排擠他，就連哥哥也是……

不，不不不不！

不應該是這樣子的啊！

駱以聲從床上驚醒，驚魂未定的尖叫驚嚇到旁邊正在玩手機的詹勝安，幸好他急忙把掉落的手機接住。

「終於醒啦？」詹勝安指著床邊櫃子上的一盤水果，「我剛切的，雖然不怎麼樣，可是聽說病人就是要多吃水果補充營養。」

「病人？」頭痛欲裂的駱以聲幾乎不能思考，他搖頭道：「我、我不是病人。哥呢？」

「以安？以安他還在醫院，我們已經打電話給他了。」詹勝安關掉手機螢幕，拿了一片蘋果丟進嘴裡。

「那影獸呢？」

「解決了，你沒看到那一幕太可惜了，阿樂就這樣咻咻咻，然後跳過來喝喝喝！然後再一個滾地翻身，拿著劍斬掉尾巴，然後沉下腰，把後肢砍出大傷口，而且又像跳舞一樣，邊移動邊揮劍，那隻獅子就被大卸八塊了。」

詹勝安咬著蘋果手舞足蹈，卻沒有收到預期的反應，他有些失望的說：「宿主

也被送到醫院進行基本檢查，都沒有大礙，但是，影獸已經被人類知道了。一個禮拜以後，由政府向全人類公開我們的身分。」詹勝安比著自己，「我，還有你們雙子都必須讓民眾知道。」

「這樣啊……那我去找我哥！」駱以聲想從床上跳起來，立刻被按下肩膀，整個人躺平在床上動彈不得。

「病人就乖乖躺著休息，你的傷口不是還沒好嗎？」

「我沒有受傷！」駱以聲掙扎著。

阿勝揚起眉毛詭譎一笑，「那你脖子後面是什麼？已經潰爛了你知道嗎？」

「潰、潰爛——！」駱以聲往後一摸，只摸到包覆著頸項的紗布。

被知道了……駱以聲放下手，腦子亂糟糟的。他也不知道自己究竟在擔心什麼、考慮什麼，也許就只是怕哥哥知道，又要讓哥哥操心保護罷了。

「醫生說傷口很嚴重，要觀察一段時間。」詹勝安看駱以聲安分地躺在床上，就坐下繼續偷吃第二塊蘋果。

「有人知道嗎？」駱以聲沙啞的問。

「只有我知道而已。」

「那大哥答應我一件事情……」

自尊心，讓駱以聲的齒輪往反方向旋轉了。

「不要告訴任何人。」

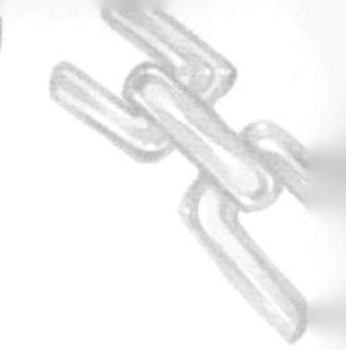

第四章 影獸神

告。

會議室裡瀰漫著一股讓人窒息的氣氛，在座的與會人員都皺眉看著手上的報告。

這幾張薄薄的紙頁，述說著這幾日以來的不對勁。政府發來公文要求巡影者公開。除此以外，已經沒有其他方法可以安撫怒火中燒的人民了。

上一秒的和平的景象卻在下一秒變成煉獄，這幾起爆炸讓多少人家破人亡。先是怪物作亂，再來是擁有超能力的人類，電影般的情節上演，卻不是現實社會可以坦然接受的。

「這幾起大規模爆炸事件，都是有目標性的。」劉司令沉重的述說著自己與其他上層討論出來的結果。

「……都是針對巡影者而來的呢。」阿樂放下報告，頭轉向會議桌最前方的位置，盯著司令。

「是的，這幾起爆炸乍看是無差別攻擊，實際上每一處的傷亡人數中都出現很多巡影者人選，因此我們判斷這件事情絕對不單純。」

「是羅迦嗎？」黃雨澤問道。

「不排除這個可能性，就我們所知，沒有比牠更強大的影獸。」

劉司令站起來，拿起筆在白板上面寫了幾個字，「綜合剛才的結論，羅迦的存在已經嚴重威脅到人類社會，加上牠的能力迅速增強，不排除牠可能是影獸神的身分。不過讓偵查組最頭痛的一點是……」

貝娜接過話頭，淡然的道：「捕捉不到影氣反應，根本無法順利追蹤羅迦。」

「關於羅迦的能力，司令有什麼發現嗎？」情況越演越烈，阿樂也忐忑不安。

「先前我們認為牠是擁有元素之力的怪物，但這幾起事件中，我們認為牠也擁有了操縱意念以及隱蔽的強大能力。」

黃雨澤舉起手：「我擔心牠會不會像今天一早那樣，對我們事務所進行攻擊。」

「我已經下令封館，禁止陌生人在附近徘徊，也加強聯繫軍警單位。」司令放下白板筆，給黃雨澤暫時足以安心的回答。

但那份安心可以維持多久，在羅迦的威脅籠罩下，每個人都心知肚明。

「我們……」在大家陷入一片寧靜時，總是沉默的那個人啟口，「什麼都不能做嗎？」

「以安，我們無法追蹤到羅迦。」劉司令也為此頭痛萬分，只要羅迦存在在這個世界上一天，真正的和平就不會到來；就算解決了羅迦，也不能保證沒有下一隻

強大的影獸。

「司令，其他事務所的人怎麼說？」黃雨澤轉著原子筆提問。

「大家都在積極調查羅迦，一旦有線索就會立刻通報。」

劉司令把雙手撐在桌上，「大家一定要注意安全，羅迦是非常聰明的影獸，牠的目標只有一個，就是我們這些巡影者。」

會議結束後，所有人立刻回到工作崗位。

貝娜與其他幹部前往各大醫院進行資源補給；阿樂率領前衛部隊在陸地上巡邏；黃雨澤加入空中部隊，藉由政府派遣的直升機在北區上空盤旋調查。因為事情緊急，黃雨澤必須暫時放下雅鈞，他在出發以前已經請爺爺到醫院照料妹妹了。

沒有被下達特殊指令的駱以安悠然地走在長廊上，看到從轉角出現的詹勝安。

「嗨，駱以安。」詹勝安維持笑容，小聲地說：「剛才開會開得怎麼樣了？」

駱以安瞇起眼。

詹勝安疑惑的問：「怎麼了嗎？」

「你沒去開會。」連駱以安都知道，巡影者副隊長缺席重大會議是很不妥的。

「哎呀呀，沒有人跟你說嗎？我正在照顧病人。」

「病人？」

糟了！說溜嘴了！詹勝安摀著嘴巴發出慘叫，「啊！沒事，我混水摸魚啦哈哈——」說完立刻拔腿就跑。

駱以安站在原地，若有所思的望著詹勝安的背影。

詹勝安跑了一段距離以後，確認身後沒有人，他打開一扇不開放的門扉，卻沒有關好門，露了一點縫隙。

駱以安從轉角現身，靜悄悄的移動到門邊，從縫隙聆聽裡面的交談聲。

「我剛才差點把你哥引過來了，嚇死我了。」詹勝安滿懷歉意地說。

「你喔，要是讓哥哥知道了那該怎麼辦？我好想趕快康復，一直躺在這裡，會被他知道的。」

熟悉的聲音讓駱以安睜大眼睛。

「目前是沒什麼大礙，可是就怕傷口惡化。」

駱以安聽見詹勝安的口吻有些緊張，然後又聽見紙頁翻動的啪啪聲，詹勝安繼續說：「你看，這是我剛才從醫護人員那邊拿來的檢查報告，他們也不知道你的傷

口是怎麼造成的。你要跟我說嗎？」

「很嚴重吧……」駱以聲啞聲地問。

兩人沒有再說話。過了一會兒，駱以聲打破了兩人之間的尷尬。

「我昨天晚上對抗影獸的時候太大意了，突然被一隻影獸從後面襲擊，咬傷了脖子。慶幸的是牠們不是很強，我也就沒特別留意傷口。」駱以聲無力地說：「等到我覺得嚴重時，已經來不及了……」

詹勝安收回白紙，到桌邊倒了杯溫水，「你真的不打算讓你哥知道嗎？」

駱以聲沒有回答。

門外的駱以安對此感到有點失落。

「他是你唯一的親人，不說的話，他會很擔心的。」詹勝安喝完紙杯裡的水，捏成一球丟到垃圾桶。「而且這樣幫忙說謊，我也會良心不安的。」

「我會說的……給我點時間。」駱以聲想起了以前的一個承諾，「我答應過，不會再對他有所隱瞞的……我會說的，真的、真的。」

弟弟卻不知道哥哥此刻就在門外，聆聽著這一切。

駱以安離開了，他不想再聽見更多訊息，只希望弟弟遵照自己說的話，將一切實情告訴他。

他默默走在長廊上，偶爾與路過的同事打聲招呼，然後記起了駱以聲提及的承諾。

雙胞胎六歲那年春天，村裡到處都開滿了鮮豔的花朵，那是在他們終於被其他孩子接受的新的一年。

兄弟倆一早跑出門，卻沒有跟村裡的孩子玩耍，而是單純享受著春天帶來的芬芳花香，以及微風拂過臉上的溫柔。

那一天，雙子命運的齒輪終於開始轉動。

兩人奔跑到河邊的草坡上，駱以安滑落下去，站在溪邊等著駱以聲。不過弟弟卻笨手笨腳、連滾帶爬的來到河邊，讓哥哥捧腹大笑。

「不要笑啦！討厭鬼。」覺得丟盡面子的弟弟漲紅著臉。

「沒有沒有，哈哈哈哈！」駱以安脫下鞋子，捲起褲管立刻跳進河裡，「哇！以聲，你快看看這裡面——有好多魚喔！」

「真的假的！」駱以聲也脫下鞋子跳進河裡。

兄弟倆忙著抓魚，卻總是讓滑溜的魚兒從手上逃脫。屢戰屢敗的哥哥失去興趣，弟弟卻不放棄，動作越來越快、準頭越來越好，好幾次都差點得手。

「喝！」駱以聲看準腳前的一隻魚，雙手迅雷不及掩耳的探進水裡。

一瞬間，他的腳底踩滑，整個人仰面跌倒。

「以聲！」駱以安嚇得大喊，右手反射性地向前伸。

駱以聲卻沒有跌進水裡，他維持後仰的姿勢動也不動。

有一種奇怪的觸感撐住了背部。

「哥，這是……」

水面上延伸出一面水牆，撐住了駱以聲的背部。

駱以安睜大著眼，白瞳裡有說不盡的恐懼。

駱以聲看見了哥哥的眼神，卻打從心底感到快樂，因為哥哥重視他，也讓他再次確認了去年那場事故中，哥哥說「不會放手」的真摯情感。

「這、這是……」駱以安驚愕的收手，由河水組成的支柱立刻瓦解。

駱以聲站穩了身子，開心的跑到哥哥的面前：「好酷喔！哥哥你是怎麼辦到的！」

「我、我也不清楚……我只知道我想要救你，就這麼簡單而已。」

在這一年，兄弟倆都開啟了雙子之力，藏在心底黑暗的猛獸逐漸從沉眠中被喚醒。

等待著最佳時機，重獲新生。

兩個禮拜後，弟弟發現了自己的能力。為了給哥哥一個驚喜，他趁哥哥不備時利用自己的能力做出絢麗的火花。

駱以聲沒有想過計畫如此成功，卻也讓駱以安生起氣來：「我不理你了！居然騙我。」

他連忙抓住哥哥的手，在深夜的村落一角，兄弟倆為了這件事情而鬧了爭執。

「我、我只是想讓你驚訝嘛。」

一個掌控水，一個操弄火，兄弟倆的能力不同。

「可是這很危險！我剛真的以為那火要燒到我了！」哥哥難掩心中的不安。

「不會燒到你啦，真的……我不會再騙你了。」弟弟抿著嘴唇認錯。

「你說真的嗎？不會騙我了？」哥哥揚起眉毛。

「真、真的啦！我發誓以後都不會再對哥哥有所隱瞞了，所以不要生氣了，好不好？」

「好啦，那我就原諒你，可是不論發生什麼事情都要告訴我喔，好嗎？」駱以安收起生氣的面容，讓駱以聲的臉上也再次綻放笑容。

「那你再變一次火焰給我看好不好？」

「好啊！」

駱以聲把雙手舉向夜空，兩道火焰無聲地飛往永恆般的黑夜，在高空炸裂出無數小火花，如同一場炫麗的煙火秀，照耀著底下的雙胞胎。

他們牽起手，欣賞著短暫的美麗。

說好的，不再對彼此有所欺騙。

那一晚，世界陷入了永無止境的黑暗，從陰影而生的勢力快速蔓延，抓住大多數人腳底下的影子。牠渴求更多食物，更多、更多！

夜間十點，臺北車站竄起大火，一瞬間造成了數千人死亡。

事務所的警示燈旋轉起來，遍布整條走廊的赤紅色燈光和鳴笛聲，讓每個巡影者背脊發涼。

所有人訓練有素、一氣呵成的準備就緒。戴上通訊耳機，眾人心裡已經有譜，從各自事務所離開前往事發地點。

駱以聲美好的夢境被這場警報粉碎，他整個人從床上跳起來，匆忙下床。

詹勝安推開房門，臉色驚恐地說：「出狀況了！」

「牠出現了嗎？」

「影獸反應非常強大，除了牠還有誰？」詹勝安丟給駱以聲一件黑色運動外套，「穿這個。」

駱以聲脫下病人穿的長袍，換上運動外套。

「快走吧，偵查室有事情要交代。」詹勝安催促。

駱以聲忍著身體的不適跟在詹勝安的後頭，詹勝安臉上忽然露出了奇怪的表情。

駱以聲留意著對方表情的變化，問道：「怎麼了嗎？」

詹勝安蹙緊眉頭：「我有不好的預感。」

一位戴著眼鏡的男子從房間走出來，看到迎面而來的兩人便打招呼：「阿勝！」

「阿樂情況怎麼樣了？」詹勝安停下腳步。

「我們邊走邊說吧。」

在阿樂一同移動的時候，一邊向兩人解釋事情的嚴重性，「情況變得很麻煩，最讓我們頭痛的影獸終於出現了，而且出現在人類面前，到目前為止已經造成難以想像的傷亡了。」

「真的假的！」駱以聲驚訝的按著嘴。來臺北生活數個月以來，雖然面臨多次戰鬥，卻也只看過上次那隻影獸無畏人類的現身，可是現在出現的可是一隻等級接近影獸神的影獸啊。

「不然你以為這是演習嗎？別傻了。」阿樂一行人趕上剛好開門的電梯，一路直達樓下的偵查室。

「不過這樣也好，如果把麻煩的對象解決了，我們就不用每天都過得提心吊膽了！」

在電梯升降的過程中，詹勝安一派輕鬆的說道。

但駱以聲沒有這麼樂觀。雖然沒有跟羅迦交手的經驗，可是空氣中已經能隱約感覺到正在震動的氣流，可見那影獸的力量有多強。

「我們真的可以擊敗牠嗎?」雖然自己身為雙子，卻已經沒有了自信。即使劉司令曾說過雙子是拯救世界的關鍵，但他還是無法壓抑自己內心的疑慮。

另外兩人沒有回答，縱使臉上浮現出了笑容，心底卻是畏懼萬分。

他們也不知道自己的能力可以做到什麼地步，在數個月前的第一次交手，阿樂與詹勝安已經體驗到了死亡邊緣，如今在牠能力不斷進化的現實，說沒有自信才是正常的。

駱以聲低下頭，看著光滑的電梯地板，滿腦子的思緒都沒有辦法冷靜下來。

突然一隻大手按住駱以聲的頭頂，他驚訝地抬起頭，看見詹勝安揚起笑容，說:「能不能擊敗這之後再說吧，我們現在不要有退縮的念頭就好了。」

當三人一路趕到偵查室時，所有巡影者的菁英都已經到達了。

偵查室的大型螢幕顯示出等比例縮放的臺北城地圖，連結著衛星即時傳播街景的畫面，就在知名建築臺北車站一處，出現了一隻體型五公尺的巨大黑貓，破壞了交通，車站燃燒起熊熊烈火，人們四處逃竄。

「這就是羅迦……嗎?」駱以聲緊盯著螢幕中的巨大黑影。

站在眾人最前面的是一位女子，她從螢幕上轉移視線，轉過身面向身後剛剛到齊的組員。

「我剛才已經派遣大部分的巡影者前往車站協助人們逃難。可是我不知道能撐多久，希望你們可以告訴我你們已經準備好了。」貝娜看著在場的同仁。

「當然啦！那時候牠把我們打得半死不活，我終於可以算這筆帳了。」詹勝安捲起袖口，已經摩拳擦掌了。

「別意氣用事了，阿勝，要用計畫才能制伏住牠。」阿樂潑了他一桶冷水。

「我知道、我知道啦！」。

這敷衍的態度立刻遭到了阿樂一記力道不輕的手刀。

「別這麼敷衍。」阿樂嚴肅地說。

「阿勝，這次真的不能再讓你胡搞瞎搞了，畢竟我們的目標是有可能變成影獸神的影獸呢。」黃雨澤開口。

「怎麼連雨澤都這麼說啊，我知道了啦！」頭頂還因為剛才的手刀隱隱作痛，詹勝安按著頭，瞥向眼前表現著好氣又好笑的的貝娜，提問：「那麼貝娜，我們可以出發了嗎？」

「可以了，我隨後也會到場協助你們的。」

「是——」所有人齊聲一喊，提振了士氣離開偵查室。

負責待在偵查室確認影獸相關資料的黑卣，一直盯著雙胞胎的背影，露出了擔憂的表情，被旁邊的同仁看得正著。

「黑黑別擔心啦！妳那可口的雙胞胎絕對沒事的。」綽號金絲雀的女子拍拍她的肩膀，表示著安慰。

「不知道為什麼，我特別的不安。」想再多也沒有用，黑卣轉回頭盯著自己的電腦，開始分析羅迦的行為模式與弱點。

她伸手打算拿起電腦桌邊的熱可可時，馬克杯忽然傳出響亮的碎裂聲，黑卣憂心地看著杯壁上莫名裂出的一條細細的裂痕。

駱以安與駱以聲花了十五分鐘抵達了混亂的臺北車站，建築內部及周邊地帶都不停傳來爆破的巨響。這一帶的交通幾乎完全癱瘓，他們只能將車子停靠在遠處，改用徒步奔跑的方式進入人群尖叫的現場。

在尖叫聲此起彼落的環境裡，羅迦似乎更愉悅，但牠沒有襲擊在腳下逃竄的人

們，只是站在車站前的大馬路上，用利爪掃開行車，抖著耳朵，搖晃著尾巴迎向著一個方向。

牠在等待。

牠的目的已經達成了。

阿樂跟詹勝安從車縫中穿梭，一看見那龐然大物時，兩人有默契地同時伸出右手，脖子上的紅寶石墜鍊呼應兩人心中的想法，射出一道赤紅色的光束。

這引起了羅迦的注意，牠瞇起眼直勾勾的盯著那充滿吸引力的光線。那是一種渴望，對力量需求更強大的欲望。

同一時間，兩人腳下的影子隨著光芒開始扭曲變形，接著沿著小腿往右手臂集中，一把發出銀澤的黑色長劍被阿樂緊緊握在手裡，詹勝安的影子則在手中變化成了中古騎士風格的菱形盾牌。

兩人向前奔跑，不忘往後一瞥，確認此行任務的重大關鍵角色：雙子。

「我們會幫你們拖延一點時間，好讓你們可以施展出完全的雙子之力。」詹勝安揮個手勢，緊追在後的兄弟倆便透過車群的掩體，繞道而行。

羅迦按捺不住地往前邁足，靈敏的跳躍力一口氣縮短與阿樂等人的距離，卻撲了個空，確認腳下無人後，這才發現人數似乎有了變動。

巨大的貓爪往下一揮，尖銳的爪子削上詹勝安提起的盾牌，讓貓爪受到反作用力向後彈開。

阿樂抓著這個時機跑出盾牌的保護，踩踏詹勝安的右手，搭著肩膀奮力一躍，來到羅迦的面容前，猙獰的野獸面孔遭到了水平一斬，淺淺的刀傷讓黑液濺灑一地。

羅迦不顧痛楚，迅雷不及掩耳的揮舞貓爪，這次詹勝安來不及上前迎擊，眼睜睜看著牠攻擊阿樂的位置，揚起了大片灰塵。

「阿樂！」詹勝安在灰塵中看不見任何身影，著急一吼。

「我沒事！」在灰塵的那一頭，傳來了阿樂的回應。

他在剛才勉強讓自己向前翻滾，才逃過一劫，並且來到了羅迦的身體下方，用手上的黑劍削砍支撐身體重量的四肢，重創出四道傷口，讓黑液在地上流了怵目驚心的血泊。

突然間，羅迦的尾巴彎入兩腿下，直線攻擊沒能防禦的阿樂，將他推撞出牠的視線死角，滾出瀰漫著煙霧的區域，詹勝安見狀蹲下膝蓋，接住了他。

「沒事吧？」看見身體多處擦傷，詹勝安因此鬆了一口氣，幸好沒有造成嚴重的傷害。

「我還可以。」楊孟樂靠自己站起身體，撿起落在腳邊的黑劍。

該怎麼做才能擊倒牠？經過剛才的短暫交手，讓他了解到了羅迦的反射神經比以往更來得快，能力上也有不小的突出變化，不過到現在都還沒有看見令人難纏的招數。

不能鬆懈，一定有什麼殺手鐧還沒有使出來，阿樂暗暗心忖。

羅迦齜牙咧嘴，口腔竄出了火光。注意到這點的詹勝安心想不妙，打算拽著楊孟樂盡可能跑離火焰的涵蓋範圍時，一道響亮的男性聲音打斷了他的動機。

「縛間！」

在羅迦吐出烈火的剎那間，牠凍結住了身體，但牠的力量正在抵抗縛間的控制，讓按計畫行事的黃雨澤感覺到一陣胸悶，要是他支撐不住，不只是縛間的效果會消失，自己可能還會被力量所傷。

必須沿著計畫的步驟下去，黃雨澤咬緊牙，看著身側的貝娜

「照著計畫走，不要擔心我！」時間要緊是他第一個想法，讓貝娜放下對夥伴

的擔心，振作起來凝視著眼前的龐然大物。

貝娜把雙手向前打直伸出，掌心射出大大小小的彩色泡沫，全部飛往了羅迦，一下子就形成了一圈看似脆弱卻有著束縛效果的泡沫牆。

「快離開那裡！」貝娜情急之下一吼，「我們只能拖住一下子！」

詹勝安往前奔跑，從影獸的下方逃到正後方，待在巨獸面前的阿樂舉著劍，可不希望身後的房屋遭到了毀滅，於是一同來到身體下方，卻停下腳步，將劍在四肢再一次砍下深長的刀傷，一刀、兩刀、三刀的數量持續增加，縛間的效果瞬間一消，痛楚撕裂了羅迦的理智，讓牠頭一扭，火焰全部射向了黃昏色的天空。

阿樂見狀立刻離開現場，避開危險來到一臉憂心忡忡的詹勝安面前。

「你突然這麼做是想嚇誰啊？」詹勝安看見對方平安無事，便放下了忐忑不安的心情，但也因為楊孟樂的魯莽行事，一開口就不客氣的教唆。

「我不能讓牠危害到那些房子，說不定裡面還有住人，現在要救一命算一命。」阿樂往後瞥，看著受痛的羅迦正因為被人類玩弄，燃起了怒火。

羅迦仰天一吼，刺耳的咆哮讓所有人摀著耳朵痛苦萬分。

牠轉過身，憤怒的瞪著自己的目標。

雙子血所釋放出的誘惑，讓羅迦招架不住，這數個月的努力都比不上那兩人脖子上戴著的墜鍊。

牠睇起紅寶石般的眼睛，開始挖掘內心那源源不絕的力量，牠想要更多、更多，這是為了讓自己變得更為強大。

「阿樂，你快看！」注意到不對勁的阿勝指著羅迦身上釋放出來的影氣比剛才還濃郁，簡直像一場龍捲風將牠包覆在其中，就連保持一段距離的兩人都一陣背脊發涼，打從心底被引出了恐懼。

「糟了。」

這種情勢，阿樂無力的鬆下肩膀，「已經……來不及了。」

「影……」詹勝安不禁顫抖的說：「影獸神了吧。」

狂風一散，先前的龐大體積消失，留在原地的是一名與兩人差不多身高的人型，全身漆黑，臉上只有一對透露欲望的紅寶石雙眼，還有那幾乎扯裂嘴皮的詭異笑容。

「嗚喔喔喔喔喔喔——」那人雙手一敞，便掀起一陣氣波掃飛臨停在馬路上的車群，也波及到詹勝安與阿樂，兩人同時撞上車殼，被擊退了數十公尺才停了

下來。

「這……不……還遠遠不夠。」男子發出懊惱的口音，盯著趴在地上還沒站起來的兩人。

羅迦往前一踏，比先前還更快速的衝刺，直逼阿樂的面前。但後者也不是省油的燈，立刻從地上站起來，隨手撿起黑劍，向前一踏揮劍迎擊。

「什、什麼！」

羅迦在劍揮到以前，靈敏的向上一躍，翻過阿樂的頭頂，降落在背後輕易使了一記迴旋踢，重創他的背部，讓他滾飛了好幾圈再重重摔向地面。

劍落在地上，從劍尖一路往劍柄開始不規則的碎裂，成為一片片黑色的碎片留在地上。

這證明了一件事情，羅迦咧起笑容，「看來你已經沒辦法了吧。」

似乎注意到了什麼，羅迦即時回過身，一面盾牌從眼前招呼過來，已經成為影獸神的怪物綽綽有餘的伸出手，用手掌發力擋住了推撞過來的威脅。

論力量來說詹勝安是菁英組中的佼佼者，但此刻的他用雙手卻比不過單手抵擋的人。

從盾牌側面露出來的憤怒面孔，羅迦一點也不在乎，「如果我是你的話，早點逃跑對自己還比較有利。」

「砰」地一聲巨響，羅迦用擋住盾牌的右手，直接貫穿過去，掐住了詹勝安的喉嚨，讓對方呼吸不到空氣因此漲紅著臉，就算難受掙扎也掙脫不了對方的力道。

那面盾牌從中心的缺口在一瞬間四散大量的黑色碎片，乘風飛揚。

「阿勝！」落倒在地的阿樂看見慘況，自己因為下半身不聽使喚，無法做出任何動作，眼睜睜的看著影獸神的實力制裁了「人類」。

那一刻，迎戰影獸的人們才知道自己的生命在神的面前多麼脆弱，螻蟻般的生命，只是剎那間便失去了生命之火的光澤。

「不——放開他啊！」阿樂扯著喉嚨，沙啞地喊著，希望奇蹟出現可以阻止這一切。

但人類的祈求，這一次卻得不到任何回應。

羅迦伸出左手打算把詹勝安脖子上的雙子血扯下來，卻不料被寶石給灼傷，手掌噴著白煙，反射性縮回手，「切！雙子血果然不是這麼容易就到手的。」

「你……不要太自以為是了。」阿勝留著最後一口氣，再怎麼難受都要講出來，

「只是一隻影獸而已……人、人類才……才不會輸的。」

喀。

羅迦擰斷了詹勝安的脖子，直接摔向地面。

「阿勝！」從來沒有預想過這種情況的阿樂，淚流不止地反覆喊著，「阿勝、阿勝！阿勝——」

他扭著身體，就算下半身無法移動，也用肩膀拖著身體。

看著地上那具屍體，羅迦猛力一踩，確認耳朵已經聽不見心跳聲後，蹲下膝蓋，扯斷了雙子血的細繩，將那顆閃耀的紅寶石舉在眼前，目光完全被射出來的紅色光線給吸引著。

「啊，終於到手了。」羅迦扯開笑容，露出一排尖銳的牙齒，將手上的雙子血放進嘴裡咀嚼咬碎，讓雙子血的粉末融化在血液循環裡，一瞬間從四面八方釋出濃郁的影氣，彷彿是一面絕對防禦般，不只如此，那無窮無盡的力量不斷地從體內揮發，流過的四肢也非常有勁，給了他一種認為自己十項全能的感覺。

下一秒，羅迦瞬間出現在阿樂的面前，這種速度虧了雙子血在體內的發揮，才有了跳躍性的發展。現在的他已經不認為還有威脅可以阻止他了，只要奪得越多雙

子血，力量就會更加強化，直到最完美的尖峰。

擁有了強勁力量，同時也讓渴望的胃口變得更大，需要更多、更多。

羅迦鎖定了阿樂脖子上的項鍊，要取得只有一種方法。

「人類，你們這些人類都太恣意妄為了。」

羅迦慢條斯理的從地上拿起一塊菱形的尖石，持在手上把玩，「我們身為影獸，從你們的腳底下而生，也是你們欲念的集合體，如今你們賦予了我們生命，並不給我們自由，只會將我們趕盡殺絕，說到底，這根本就不是我們的錯誤，而是你們人類太過脆弱了。

「你別急著否認我說的話，人類，我們是你們創造的，我能聞到你心中的那道罪惡的氣味。」羅迦抓緊右手，牢牢握著尖石。

「我觀察了你們數個月，我得到了一個結果，我要變得更強，然後從你們的束縛中掙脫，還給我一個自由的身分。」邊說邊想起了過去的回憶，羅迦瞇起眼睛，曾經經歷過的數個月，立刻呈現在眼前不斷地播映著。

「影獸怎麼可能有這種想法……你們從出生的那一刻，就與人類為敵了，你們是會殘害無辜人類的怪物啊！」阿樂撐著頭，咬牙地咆哮，但他真的不懂羅迦的想法怎麼會這麼與人相符。

就算曾經有與影獸神戰鬥過的例子，這也是頭一例有影獸神這麼發表自己的看法。

「那是因為這個東西，賦予了我意識。」羅迦用左手刺穿自己的胸膛，挖出了一顆閃爍著七彩光束的菱形寶石，小巧精緻的外型就像一顆觸手不及的鑽石一樣，美得讓人停留住視線。

「魂、魂晶……玉。」阿樂不意外的看著那顆寶石。

「是啊，我從人類腳下出生的那一刻，就擁有它了。」羅迦蹲下膝蓋，直盯著阿樂那對漆黑色的雙眸，「因為它，讓我認識到了這個世界的腐敗，不是因為影獸，而是因為身為人類的你們，盡是胡作非為，創造了喪心病狂的我們。

「我為了擁有現在這樣子的能力，為了讓你們知道我的看法，可是努力的累積力量。」

「別說得這麼聖人，你多累積一份力量就等於多殺了一個人啊！」阿樂想起了剛才的衝擊，憋著淚，哽咽說：「你、你剛才可是把阿勝……給……」

「為了雙子血，為了讓我更接近巔峰，然後改變這腐敗的世界，這是必要的小犧牲。」羅迦站起身，蔑視地看著阿樂，「這是身為影獸的自由，不再受人類所束縛。

「說再見吧，人類。」

羅迦迅速用抓著尖石的右手往倒地的男子刺擊，一種感應同時刺激大腦，讓他立刻收手，踏步旋身轉向正後方，直接將右手伸出去，塑造出一層濃郁的黑牆。

「砰隆」巨響，數枚黑白火玉撞上了堅硬的黑牆，卻沒有造成半點效果。

「啊，這是……」羅迦用力吸了一口氣，從空氣中隱約聞到了一種特殊的味道，那是從前方的雙胞胎體內所傳出來的氣息。

「真是令人美味的味道，擁有雙子契約在身的雙子。」不過羅迦卻毫不在乎對方的實力，不屑地說：「但你們可知道自己的實力究竟多弱嗎？在我的面前實在是跟人類沒什麼兩樣。」

兄弟倆同時看向站在側面的貝娜，然後駱以安轉回視線，無視羅迦的挑釁，「你並不瞭解我們。」

「是啊！你這臭怪物，根本就不懂我們。」駱以聲放下對詹勝安的悲傷，反諷回去。

「不必看，從你們身上釋放出來的氣味，已經說足了一切。」羅迦讓影氣凝聚在手心上的牆壁消失，接著冒出無數顆大小的黑色球體，射往兄弟站的位置。

飛迅的球體彷彿穿越了空間，瞬間出現在兄弟倆面前。

兩人早已預料到危機，將雙手交叉在胸口，腳下的影子立刻幻化出五公尺的巨人，以同樣的動作成為一道堅不可摧的牆。

「轟轟轟轟轟——」

連環的爆破掀起一陣灰沙，巨響從巨人身上傳來。

「我就說吧，弱得跟人類沒有什麼兩樣。」羅迦瞇起眼睛，讓手心再次製造出三顆球體飄浮在半空中。

他等待著濃煙散去，同時他也注意到了貝娜臉上的表情，因為不見應該有的惶恐表情，而有了疑問。

「我說過了。」駱以安的聲音近如耳邊。

「什麼！」羅迦來不及反應，一股強大的衝擊力撞上漆黑的背部，完全站不住腳的飛了出去。

羅迦在地上滾了幾圈後停下來，他猛地抬起頭，的確看見了駱以安。

「怎麼會，這是怎麼一回事……」羅迦整理著思緒，接著耳邊又響起了類似的聲喉。

「你不懂我們的，因為我們這幾個月的努力可不會就這麼簡單在這裡畫下句點的。」

駱以聲毫無預警地出現在羅迦身後，剎那間，黑色巨人的手掌奮力往下一揮。羅迦勉強反應過來，用了雙手支撐住巨大的手掌，逼得汗流浹背。

一瞬間的想法竄過腦海，像流逝在夜景的流星，但他抓住了這想法的尾巴。

「是妳啊——！」羅迦看準貝娜的位置，憤怒的瞪著。

前些時間。

詹勝安的死訊造成大部分巡影者的崩潰，就算有旺盛的戰鬥意志也在那一刻，如同被冷水澆熄般，也明白到自己上陣只會徒增無謂的死亡數，而怯場避戰了。

在暗中凝聚精神的雙子理所當然也看見了這幕，駱以聲氣得想為詹勝安出一口氣，但駱以安的理智阻止了計畫失敗的可能，按著弟弟的肩膀說服著冷靜，並繼續專心，維持未完的準備。

等到羅迦出現在阿樂面前盡是說些道理時，兄弟倆已經準備就緒，並壓著耳朵的麥克風與還未振作的貝娜進行遠距離溝通。

「貝娜姐，我有個請求。」駱以安外表冷靜的說，內心卻完全燃燒起了一股怒火。

「怎麼了？」貝娜意外駱以安主動找上門，她也在一輛車子殘骸中，從陰影裡看見雙子蹲伏在那兒。

駱以安見證了影獸神的實力，但敏銳的眼睛就像鷹眼般，了解到了一般人不容易察覺的問題。

「哥的意思是羅迦的移動速度很快，但因為剛進化成影獸神，實力的大躍進會造成身體上的不適。貝娜姐現在仔細看著羅迦，注意到什麼了嗎？」駱以聲擔當哥哥的發言者。

羅迦背對著所有人，抓起石頭站在阿樂的面前表示著自己的立場。同時間，貝娜看見了肩膀起伏的不規律，這明顯就是呼吸不順造成的症狀。

「我看見了。」貝娜說。

「所以我們希望貝娜姐配合我們的計畫，哥哥想說利用妳的能力，製造出泡沫變成我們的樣子，在我們發動第一次攻擊的時候，就由泡沫的人型替換我們的位置，我們會沿著車子的陰影悄悄移動。而且如果從背後襲擊的話，他絕對會反應不過來的，因為注意力已經被泡沫分開了，就算已經有想好動作，但肢體的動作也會慢一拍的。」

聽完駱以聲的計畫內容，貝娜想到了一個問題，「不怕他發現你們的位置嗎？」

「不會的。」駱以安淡然的說，「因為他還沒有完全適應自己的力量。」

「我知道了，我會配合你們的。」貝娜小心翼翼的放出泡沫，飛往兄弟站的位置，製造出一模一樣的人型蓄勢待發。

羅迦承受住黑色巨人壓下來的力量，對著貝娜咬牙切齒地吼道：「是妳——我絕對要殺了妳啊啊啊啊啊——」

羅迦用力往上一推，瞬間的爆發力從手心釋放，讓黑色巨人的手往後一彈，露出短暫的破綻。

「糟了！」打算利用另外一隻手往下揮落，卻只碰到了地面。

羅迦迅速奔跑，一瞬間大幅縮短距離，卻不料駱以安從旁邊現身擋住了去路。

「哼，你們還太脆弱了。」奔馳的羅迦在快速中看見白色人影掃過來的巨大手掌，輕鬆一躍，翻過了攻擊。

「我不會讓你過去的！」駱以安咬牙，伸出另外一隻手往天上一抓，牽連著白色巨人的動作，只見即將抓住腳踝，但羅迦只是輕輕一笑，「你們太脆弱了，是要我重複幾次啊？」

羅迦在空中將身體一扭，做出了不可能的改變姿勢，避開了空中的抓擊，降落在貝娜的面前，右手直接掐住女性的喉嚨，高舉過頭。

「貝娜姐！」駱以聲急促一喊，邁步接近。

「吵死了，這群蚊子。」羅迦把左手往身側打直伸出，射出兩顆軌道奇異的黑色球體，如同擁有鎖定的能力般，繞了半圈的弧度，直往正在奔跑的兄弟倆砸去。

「轟隆」巨響讓兄弟倆慢下了動作，雖然勉強用手臂擋住了致命的傷害，但本身還是承受了一部分的攻擊，而跪在地上大口地喘氣著。

「妳的計畫，已經不管用了，小妞。」羅迦把左手輕輕放在女性的腹部，「妳可知道自己現在的樣子多麼狼狽嗎？只是很可惜，妳再也看不到了。」

「唰——」地一聲，利具撕裂皮肉的聲音，傳進了兄弟的耳裡。

「貝娜姐——！」駱以聲睜大雙眼，按著胸口隱隱發作的痛，激動喊著。

左手心凝聚影氣製造出來的黑劍，直接穿過了女性的腹部，結束了心跳，也讓脖子上發著紅寶石光芒的項鍊失去光澤。

看著貝娜最後垂死掙扎的面孔，停留在心跳結束的那一秒，失去光澤的雙眼永遠烙印在兄弟的眼裡。

難道我們什麼都做不到嗎？只能眼睜睜看著一個又一個的朋友離開我們嗎？駱以聲不知道自己還能怎麼做，甚至對影獸神的存在感到了害怕，在恐懼交纏的心裡，他有著最脆弱的一面，就像小時候的自己，總是因為一點小事情而嚎啕大哭。

意識到了即使過了十幾年，那個愛哭的個性還是留存在心底。

他因為夥伴的死亡，憤慨地哭了，也因為懼怕而懦弱的哭了。

綜合著種種，眼淚不停地從眼角邊滑落。

各式各樣的低潮想法成為了冰冷冷的水球，將他困在其中，然後一點一滴地剝奪氧氣，讓他在水中無法自如呼吸，這種痛苦的掙扎讓他幾乎放棄了一切。

輸了，我們輸了吧。

雙子無法按照傳說阻止影獸神了。駱以聲安靜地落淚，沾到淚水的睫毛讓他的視線模糊一片，勉強看見羅迦扯斷雙子血的墜鍊，依照剛才同樣的動作將寶石吞進肚子裡。

接著又釋放了一股由影氣圍繞而成的暴風，讓兄弟倆往後飛一段距離，撞上車棚才停了下來。

勉強站起來的駱以聲，按著胸口傳來的刺痛，望見被黑色暴風包在中心的羅迦，更是覺得無能為力。

方才那種冷冽的感受仍讓駱以聲提不起勁，不過忽然一道溫暖的陽光射穿了水球，讓他看見了一絲光柱，這喚醒了他的求生本能，穿破了水球游往陽光照射進來的範圍。

意識過來時，駱以安只是緊緊抓住駱以聲的手。

「我也會害怕。」駱以安只是說了這句話，就讓駱以聲的鼻頭一陣熱辣辣的。

「可是我選擇了跟你一起去面對。」駱以安從前方的視線轉向弟弟，「只要我們兩個人不放手，就一定能熬過去的。」

「哥哥……」駱以聲不知道哥哥哪來的自信，卻也從堅定的眼神中得到了正在流失的勇氣。

「有些事情我們不能阻止它的發生，但我們可以在之後去彌補失去的這一切。」駱以安移開視線，盯著遠處那巨大的黑色狂風，「我們的使命還沒結束，就在這裡把它結束掉吧。」

「可是他太強了。」駱以聲沒有對策。

「總有辦法的，但如果時間拖得越久，我只知道對我們越不利。」

駱以安認為羅迦奪走了貝娜的雙子血，讓能力更加強化，同時也會重蹈覆轍剛才的狀況，只要在未適應能力以前進行速攻，說不定能有些效果吧。

「唔……」如同劃開皮肉的撕裂痛楚從駱以聲的後頸傳來，他忍不住的因病痛呻吟，就算想隱瞞，但哥哥就在身邊，馬上就察覺到了弟弟的不對勁。

「怎麼了？」駱以安在等待，你什麼時候要跟我說出實情。

你說過你不會隱瞞我的。

但駱以聲卻做出了令哥哥失望的搖頭，故作堅強地說：「我沒事，就讓我們上吧。」

難掩失落的表情，但馬上就振作起來的駱以安，把注意力專心放在麻煩的對象身上。

暴風一散，清出了一大塊空地。

羅迦站在雙子的面前，昂起下巴，以現在的能力增幅更不會把剛起步不久的雙子看在眼裡。彼此的實力懸殊差距太大，要殺死兄弟根本不費太多的心思，在羅迦的想法裡，已經沒有什麼事情是辦不到的了。

「準備好了嗎？」駱以安深深吸一口氣，專注凝神地望著羅迦。

「當然啦！謝謝哥，讓我比較不會這麼害怕了。」駱以聲鬆開哥哥的手，兩人即使沒有打暗號，因為雙胞胎的特別感應，讓彼此的默契極為合拍。同時跨出腳步的瞬間，空氣中的氣流產生了細微的改變。

羅迦皺著眉頭，這兩個人是想做什麼？單純來送死的嗎？

步伐一致的兄弟快步前進，駱以聲敞開雙手，釋放出強大力量，讓腳下的影子凝聚成巨大的黑色人影。

黑色巨人雙手一握，胸膛周圍浮現出數量繁多的黑火玉，全數飛旋地往羅迦的位置射擊。

「太弱了，這種伎倆。」羅迦只是伸出右手，從手心釋放出一層迷霧，吞噬了

那些火玉，造成了短暫幾秒鐘的煙灰瀰漫在視野內。

當煙一散，羅迦睜睜眼，「同一招對我是沒有用的。」

他把手往左側伸出去，防禦了一隻水蛇的撞擊。

駱以安不意外對方的反應神經，但……

看著羅迦的注意力被哥哥吸引住一瞬間，駱以聲立刻將雙手貼住馬路，操縱著土地。

「轟隆！」

羅迦一臉訝然，因為地面的搖晃站不住腳，然後自己所站的區塊隆起了一座不斷上升的山丘。駱以安趁對方沒辦法平衡，讓白色人影製造幾枚白火玉，射往山頂的那人。

「轟轟轟轟轟轟！」

連環的爆破聲響從上方傳來，煙灰夾雜著微弱火光，讓羅迦受了不小的傷害，尤其是上半身正面迎擊火玉，有了一大片的灼傷。

「太棒了！」駱以聲看見攻擊奏效，激動地說，「哥！我們辦到了——」

「這點小事就自以為是，實在是太讓人想捏碎了。」散發赤色光澤的雙眸俯視兄弟倆，然後只是往前一踏，立刻消失了蹤影。

「人呢？」駱以聲左顧右盼就是找不到羅迦的身影。

駱以安閉上眼睛，雖然肉眼看不見，但只要一定程度的專心，是可以捕捉到一點微弱的氣息的，何況影獸神的實力過於強大，就算想隱藏氣息也是做不到的。

哥哥睜開眼睛，他抓到了羅迦的位置，但一隻手直接從視線下方的死角襲擊，掐住他的喉嚨，下一秒羅迦就現身在駱以安的面前，怒火的雙眼如同猛獸，有種占據一切的野性。

「你們的團隊合作雖然有點看頭，但對影獸神來說還是太弱了。」羅迦勾起嘴角，右手五指併攏成矛狀，直接往駱以安的肚子貫穿突刺。

「哥——！」駱以聲來不及接近阻止，整個人往前跌倒，眼睜睜看著哥哥的肚子被開了一口鮮紅的洞。

空白的場所，駱以安一個人站在原地，他的聰明告訴著自己，這是他內心的世界，所以他看不見外頭的景色、也聽不見任何聲音，只就好比自己想像中的天堂。

他的視線掃視了一圈，忽然看見一張紅色的單人皮椅，上面坐了個人。

是與自己面貌完全相同的青年，對方也眨著白眸，露出了玩世不恭的笑容，打量著站在原地的駱以安。

「嗨，還好嗎？」

「你是……」

「我是你，你是我，我們是一體的，在之前我們不也已經有過見面了嗎？」坐在紅皮椅的白髮青年搔了搔頭，「不過我也不是你，我只是一個力量上的形式，沒有固定的樣子，既然我的宿主是你，那我就會是你的樣子。」

「為什麼……」駱以安不明白這個人究竟為什麼又出現了，同時產生警戒的心態，防範這人奪走他的意識，做出自己設想不到的事情。

「沒有為什麼吧！因為你就是雙子呀——哈哈！」青年提高了音量，說：「被雙子契約綁住的雙胞胎，是詛咒的起源，哈哈哈哈哈——」

駱以安聽得一頭霧水，環顧了四周，肯定道：「是你帶我來這裡的吧。」

「哎呀，很明顯嗎？我以為你會看不出來呢。」白髮青年坐在紅皮椅上，翹著腳輕輕晃著。

「因為看你的樣子，所以就覺得是你。」駱以安老實地說。

對方哈哈大笑：「哈哈哈哈——好吧，你賓果了。我帶你來，是避免你被自己的負面情緒給吞噬了，傻子。」青年指著自己，傲氣的說：「你應該要感謝我才對，不然你有可能會失控，等到那個時候，你可是會濫用雙子之力襲擊他人的，就連駱以聲可能都會被你給打傷。」

「嗯，謝謝。」看對方沒有什麼惡意的前提下，駱以安簡單的道了謝。

「還真是一貫的冰冷啊！不過我帶你來這裡，還有一件事情。」白髮青年跳下紅皮椅，走到他的面前停下來，偏頭說：「你知道羅迦的強大，你們巡影者現在可是大規模的死亡，連當初的戰鬥意志都沒了，就連那隊長與副隊長都被打成重傷了。講難聽一點，區區人類要滅光只是遲早的事情，所以我只是要跟你交涉，只要讓我接管你的身體，我就可以發揮更強大的力量，然後就可以阻止那隻貓怪了。」

白髮青年想到了什麼，張大眸子說：「對喔，而且牠如果變成了影獸神不也更麻煩嗎？所以，你不覺得這項交易很好嗎？」

駱以安覺得這個交易一旦進行下去，很有可能身體就再也拿不回來了，就換他的意識受困在這個地方永遠逃不出去。不過他又想到羅迦的力量，靠自己是沒有辦法去阻止的，必須要有人把束縛力量的鎖鍊給斬斷。

「怎麼樣咧?就交給我吧,我可以跟你保證羅迦會被我消滅的。」站在眼前的青年吹著口哨,一副輕浮的態度像極了駱以聲,「然後人類就可以過著幸福快樂的日子了呢。」

「可是你沒有保證身體會再還給我。」駱以安視線不太友善的瞪著對方。

白髮青年縮了縮肩膀,低下視線裝出一副計畫被揭穿的衰臉,「我當然不會這樣子說了,傻子。」

「那就沒什麼好談了。」駱以安轉身,背向著另一個自己。

「你會後悔的,駱以安!」由於得不到渴望的自由,青年站在駱以安的身後,大聲的嚷嚷,盼求著一絲回頭的可能,不過這對駱以安來說沒有絲毫影響。

駱以安沒有方向的向前走了幾步,在這空白的場所,任何方位看起來都是相同的,他只是為了遠離盡是說些蠱惑人心話的內心陰影。

「駱以安!你總有一天會後悔做這樣子決定的——」

聞言,駱以安停下腳步,側著臉瞥向身後吶喊的青年,唇角微微上揚起來:「我不會後悔的。」

「為什麼!駱以安——」對方激動的嘶吼著。

「因為，我有了大家，還有我那冒失鬼的弟弟，他需要我的照顧，而不是你。」駱以安拋下對方，向前一踏，踏進一道暖烘烘的金色光芒中。

那是他要回去的現實。

駱以聲拼命防守猛攻的樣子，令羅迦一臉訝異，明明是一個實力不強的雙子，卻從沒有放棄，這是讓他費心不解的地方。

「你哥哥已經死了，為什麼還不肯認輸？」羅迦揮出一記重拳，駱以聲彎腰避開，腳底往地上一蹬，後躍拉開距離。

「我知道我打不贏你，可是自己投降就太沒男子氣概了。」駱以聲用手肘擦掉臉上的熱汗，我還能撐多久？腿已經要撐不住了。

「換作我是你，我會好好珍惜自己的生命。」羅迦抹去嘴角上的血漬，低頭看著。那是剛才不慎被駱以聲攻擊到的傷口，「可是你卻不珍惜，這是你會後悔的決定。」

「你很強，我知道。但是換作是我哥哥，他也會做跟我一樣的決定，因為我們兩個人是不會再對彼此放手的，所以就算我知道我會死，也要死得心服口服啊！」

連結著駱以聲腳下的黑色巨人立刻丟出黑色火玉，眼看就要命中羅迦，但還是被對方手心釋放出來的影氣給吞下。

「沒有用的，這樣子垂死掙扎究竟有什麼意思，我觀察人類的社會數個月了，我就是不明白人類這種頑強的意志力，究竟是能帶來什麼樣的好處。」羅迦無奈地呵呵笑道。

「你不會懂的。」體力所剩無幾的駱以聲瞇著眼睛，抹掉額頭上的汗水。

「我不會懂嗎？但那也不重要的，你們已經不是我的威脅了。」突然間，羅迦注意到了一樣東西，感到有趣的牽起嘴角，「而且，就算我沒有出手，你也會被脖子上的傷口毒死的。」

駱以聲急忙按住脖子，光用摸的就能感覺到傷口面積變得更大了。

剎那間，駱以聲因為疼痛影響到雙子之力的操縱，導致連結著腳下影子的巨人蒸發瓦解。

羅迦咧嘴笑道：「失去另外一半的雙子，連力量都沒辦法百分百發揮了，還談什麼救世主呢？」

「呃、好痛……」彷彿腦袋被鐵鎚重擊到一般，痛得駱以聲頭暈目眩，雙腳也立刻無力，整個人在羅迦的面前跪了下來。

「會痛吧，我可以不出手，光用這樣子就可以折磨你了。而且我還發現了個有趣的東西呢，你想知道嗎？」羅迦只用一隻手以抓握的手勢，就讓駱以聲痛得動彈不得。

看著呻吟的駱以聲，羅迦更是露出戲謔的詭譎笑容，「你的內心，是充滿黑暗混沌的。」

羅迦用左手拇指戳向自己的胸口，說道：「你的內心破了個洞，你卻什麼也不記得。那個洞，是孕育你那黑暗的來源，也是個可塑之才呢。」

「你、你在說什麼鬼話……啊——」駱以聲痛得倒在地上，大口吁吁的喘氣著。

「這可不是鬼話，我的意思是你跟以往的雙子不太一樣，我們影獸雖然都是個別的物體，但當成為影獸神以後，就會有著許多影獸們的記憶。拿我來說吧，我就讀到了以往雙子的記憶，他們是神聖、制衡影獸的聖人，是光明的一方。但是你呢，卻不是這樣子。駱以聲啊、駱以聲，你內心那份黑暗，已經足以將你整個人吞噬了，再加上你脖子上所受的傷，看來我找到了個好宿主呢。」

羅迦決定要把自己的力量全部轉移到駱以聲的身體裡，藉此操縱雙子之軀，如此一來除了力量可以增幅以外，也可以穩定這幾乎無限的力量，讓自己不會陷入走火入魔的境界。

「以聲，不要被蠱惑了！」不應該身陷危險的黃雨澤，卻不顧自身安危，一個人按著胸口的傷勢，站在兩人之間。

「充滿力量誘惑的雙子血，不配戴在你們人類身上。」羅迦腳步一跨，手臂同時伸出，一瞬間就來到黃雨澤的面前。

但他也早料到對方會因為雙子血動手，雙手往前一伸，彈出一層青藍色的光輝籠罩在試圖接近的羅迦身上，束縛住了羅迦的行動。

「可……可惡，你這個小鬼！」被擺了一道的羅迦，憤怒的瞪著黃雨澤，但身體卻暫時無法行動，就算打破這層束縛至少也要花上一分鐘左右。

只有一分鐘，我得趕快……

黃雨澤立刻轉過身，面向被痛苦蔓延全身的駱以聲，「以聲，你聽著，唯一能阻止羅迦的人只剩下你跟以安了。現在我必須把我的力量給你，讓你足夠跟羅迦對抗，絕對不能再讓他危害更多無辜的人類了。」

「雨……澤哥，你打算、咳！打算怎麼做？」

「雙子血有認主的規定，我會解除它跟我的契約，就可以讓你擁有它了。」黃雨澤單膝跪地，扯下脖子上的雙子血緊握在右手，同時間從腳下往上沖起一陣氣流，震得羅迦也得瞇眼才能仔細看見狂風中的細節。

「以聲，答應我一件事情。」

「雨澤哥？」不曉得為什麼，當這陣風吹起來的時候，駱以聲的病痛並沒有持續咬著神經不放，讓他慢慢用雙手撐起沉重的身體，抬頭看著閉上眼睛，喃喃自語的黃雨澤。

「請一定要保護這個世界。」

黃雨澤語畢，手上的雙子血脫離了右手，浮向正在撐起身體的駱以聲，透明化的穿透進額頭，進入了雙子之軀。

暴風轉瞬停止，黃雨澤看著行動成功，鬆了一口氣。

「唰」的一聲，傳進了兩人的耳裡。

駱以聲瞠目結舌的望著這一幕。

「雨澤哥——！」

在駱以聲的面前，黃雨澤的胸口被一隻沾滿鮮血的右手貫穿，部分的血濺到了

弟弟的臉上，驚嚇到了他。

「切，來不及了。」羅迦一腳踩著黃雨澤的背，借力拔出右手，往地一甩，清掉手上大部分的血液。

看著倒在地上成屍體的夥伴，這如同導火線，點燃了烈火。

不應該是這種結局的……

我要殺了你、我要殺了你、我要殺了你啊！

「我要殺了你！」駱以聲已經無畏脖子上的痛楚，慢慢站起身。

「別口說大話了，雙子。」羅迦右手一伸，釋放出黑色的氣波，撞上來不及防禦的駱以聲，將人彈飛數十公尺遠。

駱以聲在空中轉了數圈，兩腳平安的著地，這才驚呼著體內那不斷從心底湧出來的力量，原來這就是雙子血。

「這就是……力量嗎？可是，還不夠、還不夠，要打倒他還需要更多。」

這瞬間，駱以聲想起了黃雨澤剛才說的那句話。

「請一定要保護這個世界。」

我的雙手可以保護的了嗎？大家都把希望託付在我身上，我真的辦得到嗎？

駱以聲低頭看著自己的雙手，不曉得是為了恐懼而顫抖，還是為了完美的力量而興奮顫抖著。

「既然覺得不夠，就來找我商量吧。」

在心底，駱以聲聽著聲音，隻身一人來到了滿遍漆黑的場所，在眼前有一位與自己面貌相同的黑髮青年，手上拿著白色的燭臺，燒著白色的蠟燭，微弱的白光爬上臉頰，映出了五官。

「你是……誰？」駱以聲有些戒備，尤其是面對與自己一模一樣的人。

「你很熟悉的，數個月前你不就被力量強占住了不是嗎？那就是我啊，你知道的，你需要更多的力量就必須跟我達成協議，不然你就算擁有雙子血，也抵不過影獸神的實力的。」男子在駱以聲的身邊兜圈，輕鬆一派地說：「雖然雙子是制裁影獸的人，可是你並沒有想到重要的一點，那就是你跟你哥哥的實力都太弱了。如今強大的影獸神已經降臨了，你們的實力造成了現在這種結局。

「那些叫做夥伴的人，無辜的喪失了自己的生命，你應該不想再看到了吧？」

這些話讓駱以聲閉上嘴巴，眼神在青年的臉上游移著。

「看吧，我從你的眼神就知道你認同了我說的。我不會騙你的，你需要我這股

力量，就為了結束這一切的混亂，其實這是很簡單的一件事情，把你的雙手給我吧。」

「可是哥哥說過，內心會吞噬了自我。」駱以聲還記得在數個月前，自己陷入瘋狂時，事後就從駱以安的口中聽見了這句話，至今都一直留在心底。

「事到如今，已經發生了這麼多的狀況，你還想躲避現實嗎？駱以聲，你剛才不就在渴求力量嗎？」

內心被挖空的駱以聲，沒有否認這個人說的話。

對方聳肩攤手，無奈地說：「所以現在你唯一的選擇就是讓我們一起解決這個狀況，為了你所愛的那些人吧。」

男子在陰暗的角落，露出弔詭的笑容，可是駱以聲卻沒有察覺到。

「駱以聲，你想再讓更多無辜的人死亡嗎？」男子停在駱以聲的面前，拿著白燭臺，用微弱的火光照映出自己那張狡詐的面容。

「我不想，我真的不想……」看見太多事情發生，即使是現在都還沒能完全去適應的駱以聲一邊搖頭一邊回應。

「這就對了，來，握住這隻手吧。」男子伸出左手，停在駱以聲的面前。

「如果你想要更多的力量，我可以把力量借給你，然後你就能解決這一切了。」

「但……」在駱以聲的腦袋裡，有些聲音正在腦海中不斷喚醒他不要魯莽做這件事情，可是他的肢體與壓抑不住的欲望產生了聯繫，手緩緩地向前伸出，指尖輕輕觸碰。

下一秒，兩隻手一握住，駱以聲被彷彿四分五裂的扯痛逼得痛聲大叫！

「這是！」從駱以聲身上釋放出來的黑色氣流撞上羅迦，「這個距離還能感覺到如此沉重的壓迫，這就是混沌嗎？」

羅迦瞇起眼睛，忍受強風的吹拂，一邊仔細地看著遠處的駱以聲。

狂風從駱以聲的腳下釋放，往上沖起一圈風暴，吹亂了黑色短髮，解開了黑襯衣衫，閃過一絲鮮紅光澤的雙眸透露出一股涼意，傳進羅迦的背脊。

「啊啊啊啊啊啊——」駱以聲幾近失控的仰天大吼，一種更勝影獸神實力的氣息壓得在場的人們都無法看清楚駱以聲究竟發生了什麼事情。

過了一會兒，嘶吼停止了。

駱以聲低下頭，視線水平的瞪著抬起手臂試圖擋住狂風的羅迦。

乾澀的喉嚨，扯出了一句話：

「我要殺了你，絕對要把你四分五裂！」

第五章 雙子契約

「哦，想殺了我？雖然你的力量我的確感覺到成長不少，但對我來說還是太弱了。」羅迦瞧不起駱以聲，往前一踏，擺出了肉搏的手勢，挑釁道：「放馬過來吧，雙子。」

「呀啊啊啊——」駱以聲吼著踏出一腳，地面便天搖地動，接著跑起來一路往羅迦直衝過去。

看著羅迦沒有絲毫行動，駱以聲直舉起右手，奮力向前一揮。

「太小看……什麼——！」羅迦沒注意到，駱以聲的背後出現了黑色巨人，等到他注意到時，巨大的拳頭已經闖進眼裡。

「轟」地一聲巨響，灰煙瀰漫，接著一抹人影從煙霧中跳出來，抹了唇上流出來的鮮血。

「只是運氣好罷了。」羅迦瞇著眼睛，可是他突然感覺不到駱以聲的氣息。人究竟去哪了？

一股壓迫感爬上背後，羅迦猛地回頭，黑色巨人的拳頭又招呼下來，這次他反射神經更勝一籌的往旁邊一跳，閃開了攻擊，「同一招我已經看膩了。」

「不要自說大話了，混蛋！」

為什麼聲音從背後傳來?羅迦還搞不清楚狀況，正當他回頭想確認時，「駱以聲」的拳頭直擊他的臉頰，疼痛還未散開，整個人就彈飛到十公尺遠，撞壞了電線杆才停止飛騰。

「這、這小鬼！」定睛一看，原來是讓連結的黑色巨人離開自己的背後，造成了聲東擊西的攻擊。但羅迦一了解以後，這種招數要奏效第二次幾乎是不可能的事情了。

羅迦有些狼狽的站起來，拍掉身上的灰塵，不厭其煩的凝視駱以聲的一舉一動。

其實這沒什麼多大的威脅，只要仔細看的話，就能摸透所有攻擊前的小動作了。認為有了一套應對方法的羅迦，敞開雙手，說：「不是說要把我四分五裂嗎？讓我看看你有多大的能耐吧。」

「大家都死了，你的雙手沾滿了無數人的鮮血，你一定會付出代價的，怪物！」駱以聲吼出來，黑色人影立刻丟出黑光火玉，直掃羅迦的面前。

數量眾多的黑火球飛過兩人之間的距離，羅迦一抬起手，沉重的壓迫卻讓上半身動彈不得，他不論怎麼施力，就是無法解開這層束縛，同一時間，羅迦的身上泛出了青藍色的光芒，像是蜘蛛網般，黏著肢體動也不動。

接連數聲的爆炸聲從羅迦的位置傳來，隱約可以聽見痛苦的哀鳴。

駱以聲收回伸直的左手，手心也閃爍出微弱的青光，暗暗低語：「雨澤哥，謝謝你。」

「我說過了，我是有理由要來改變這一切的，是為了我們身為影獸的自由啊！」

半張臉灼傷的羅迦忽然現身在駱以聲的面前，五指緊掐弟弟的咽喉，高舉過頭。

「你們雙子還挺礙事的嘛，講難聽一點，這個社會並不需要什麼救世主的存在，我就可以改變這個世界了。」

即使呼吸不過來，駱以聲也努力地擠出一句話：「我、我不會……讓你破壞的，雨澤哥、還有……大家都要我好好保護這個世界的！」

羅迦狂妄一笑，「哈哈哈哈哈——這很可笑你知道嗎？什麼好好保護這個世界，你現在這樣子怎麼保護啊！」

「我可以的。」駱以聲突然笑出聲，「不對，不是我可以的，是我們大家可以的。」

下一秒，羅迦的胸口穿出了一把黑色的劍，擁有著黑曜石般的閃耀光澤，染上了噴出缺口的黑液。他胸口一悶，鬆掉了駱以聲的掐手，一時沒注意到有人出現在弟弟的旁邊，然後劍從背後被人拔出，他受力往前踉蹌一站，駝背地抬起頭，環視了周圍一圈。

到處、到處都站滿了人。

即使那些人了解自己的力量多麼微弱，自己的生命可以眨眼間就消失了，仍然選擇了站出來，與駱以聲一同面對。

「都什麼時候了還玩齊心協力的招數，不覺得有些自大過頭了嗎？」從氣息上，羅迦甚至覺得只要一掃，就可以將大部分的人都斷送性命，根本不看在眼裡。

但，在他的眼中，有樣東西卻讓他訝異得轉不開視線。

「為什麼……」

「這是怎麼一回事啊？」在羅迦的面前，有一位男性站在駱以聲的身邊，揮著剛才從後方襲擊的黑劍，直盯著對方。

「戰鬥結束以前，我們是都不會放棄的。」阿樂安然無恙的現身。

駱以聲嚇了一跳，但馬上就看出了這一切不尋常的原因。

是因為她。

「什麼不放棄、什麼同心協力、什麼夥伴、什麼友情，你們就只會說這些大話嗎！」羅迦憤怒地吼叫，右腳一跨，瞬間來到阿樂的面前，同時舉起右手往胸口給上一記致命的攻擊。

「砰！」

一種堅硬的物體擋住了拳頭，強勁的拳風連羅迦也被迫退了兩步，並看清楚是怎麼一回事。

「這些可不是大話啊！黑漆漆的醜八怪。」靠一面盾牌擋下猛攻的人探出頭，詹勝安嘲諷了羅迦，也成功惹火了對方。

恨不得將一切殺光的羅迦，不願再多說什麼，就在他打算用同一招直接貫穿盾牌時，手部的動作彷彿纏上了繩線，捆了好幾圈般的緊縛，讓肢體比先前還更動彈不得了。

「在這個世界，你們摧毀了太多，我們必須給你們適當的懲罰。」黃雨澤從羅迦背後的人群中走出，他全身閃爍著青藍色的光芒，與羅迦手臂上的光輝一致。

「呃啊！這種伎倆對我一點用也沒……什麼！」想靠蠻力脫困，羅迦卻不料到自己那幾乎無限的力量卻辦不到這一點，只能用著眼角餘光怒視著黃雨澤，吼道：「你做了什麼，該死的人類！」

「沒有特別做什麼，只是你的力量已經不如剛才了。」黃雨澤輕聲地說：「從大家從絕望中站起來的時候，從你體內釋放的力量就已經找回原本的『主人』了。」

「可惡！難道說……」

「你猜對了，要說明為什麼的話，因為雙子血的裝飾本來就不是給影獸佩戴的。」黃雨澤往旁邊一瞥，看著造成這一切結果的女性，露出欣慰的笑容，「多虧了我妹妹，我們找回了自己。」

「不、不要太小看影獸神了啊——愚昧的人類！」陷入失控的羅迦選擇讓憤怒占據自我，接著一聲咆哮吼得所有人被狂風吹退好幾步，就連身上的束縛也正漸漸減弱。

感覺有機可趁的羅迦打算折返，直接一手擰斷黃雨澤的脖子。

一顆泡沫突如其來，停在了羅迦的面前，中斷了他想跨步的動作。接著有兩顆、四顆、八顆繼續倍數複製的泡沫從地面上飄浮起來，一會兒就形成了圓圈，框住了

羅迦。

不認為有絲毫威脅，羅迦奮力一揮，這一刻，他才意識到自己做錯了。

那些泡沫就像個陷阱，看起來沒有威脅性，卻在用手試圖破壞時，就會產生凝聚力，全數往羅迦的身軀集中，將他困在一顆大氣泡裡面，彈力十足的水壁用雙手不斷攻擊，都無法突穿。

「不是我們小看了影獸神，是你小看了我們。」貝娜甩甩解開盤髮的長髮，從雙手手心不停製造出泡沫，飄浮在大泡沫的身邊，讓羅迦成了一隻籠中獸。

「你的能力已經回到我們身邊了。」阿樂走近到羅迦的面前，無畏被襲擊的可能，「所以現在的你並沒有多強，也許我們剛開始會輸你，但當我們熟知了你的行為模式，還有大家齊力一定能斷金的。」

「狂妄！」羅迦一喊，弄得水壁彷彿要破裂了般，結果並沒有任何變化。

「而且我想了想，你的想法的確令人沉思，不過我並不能去同意你的想法，因為影獸剝奪了太多人類的生命，而且在這個現實世界裡面，影獸就只是陰影，並不能獨立。」阿樂說得一副語重心長，「再且，影獸是不存在的。」

「我們只是想要擁有自由而已啊，你們哪懂一出生就被虐殺的感受！」

水波產生了裂痕，貝娜立刻感覺到異狀，但已經晚了一步。

水球在所有人面前炸開，羅迦重獲自由地站在阿樂的面前，不過兩人都沒有出手攻擊彼此。

羅迦只是以高大的身高，低頭看著矮自己一顆頭的人類。

「你一點也不懂渴望自由的痛苦。」羅迦掃視了所有人，「你們這些人類只會活在自己美好又自私的生活，卻從來都沒有想過躲藏在你們腳下的我們。」

「貝娜，羅迦身上的影氣反應又增加了！」待在總部的黑卣從螢幕上出現的警告，立刻告訴給貝娜。

「他還有力量嗎？」貝娜從現狀看不出什麼端倪，但她不猜疑黑卣的精準情報。

「可能還保留一些，要來了！」

下一秒，羅迦雙手一敞開，一圈水平的氣流衝撞所有人，強勁的撞擊力這次讓所有人跌個四腳朝天，他往天一望，背後長出了一對破損的翅膀，立刻飛往夜空融為一體。

「羅迦要逃了，他正往市政府去。」黑卣緊急說道，一邊用衛星定位了羅迦的位置。

但電腦螢幕出現的鎖定紅點卻在幾秒鐘之後閃出了訊號干擾的訊息，接著就從螢幕的地圖上消失了蹤影。

「可惡，果然擁有隱蹤的效果！」黑卣咒罵一聲。

「別擔心，雙子已經準備好了。」貝娜看著見到彼此而開心的雙子，壓著耳機向總部報告。

看著飛往夜空的最後身影，駱以安不以為然的伸出手，「走吧。」

「哥完全沒事了嗎？」在剛才眾人對羅迦的反擊時，駱以聲就已經看見了哥哥，但等到了這個時候才有機會搭上話。

駱以安的傷口都不復存在了，他搖搖頭說：「雅鈞姐治好我，沒事了。」

「你們兩個快追上他，用你們這數個月以來訓練的成果吧。」詹勝安從兩人的背後出現，將兄弟擁入自己的懷裡，「剩下的都別擔心了，我們大家會把這裡的狀況修復到像沒發生過事情一樣的。」

「這裡就交給我們吧，你們專心應付羅迦吧。」黃雨澤走近到兄弟倆面前，雙手貼住兩人的胸口，在赤裸的上半身刻出了青色的菱形符文。

一種溫熱的感覺從圖騰釋放出來，流進了雙子體內。

「這個是？」駱以聲摸摸胸口的烙印問道。

「躍間。」黃雨澤說，「可以讓你們縮短與羅迦的距離，可是效果很有限，但我相信你們的訓練是會有結果的。」

從影子的顏色看來，駱以安得到了一種肯定，也感覺到身上被託付的希望比想像中的來得重。

駱以聲抓住了駱以安的手，抬頭看著羅迦飛往的方向，一貫笑嘻嘻的樣子側向哥哥，「嘿，我準備好了。」

兩人默契十足的召喚出巨人，以自己的影子為連繫媒介，並任意讓腹部的力量完全釋放出來，接著一種空蕩蕩的感覺讓兄弟覺得內心被掏空一般。

也想起了這訓練的那段過去。

在會議室裡面，雙子也參與了黃雅鈞事件事後的探討。

「下次如果再出現跟阿努比斯一樣的影獸，我們該怎麼辦呀？」駱以聲舉著手發問。

「你們就用同一招把牠們打下來啊，還不簡單。」詹勝安用兩支椅腳撐住整個人的身體，傾斜的晃啊晃。

「但如果出現難纏的飛行系影獸呢？」駱以聲又繼續追問。

「那就繼續用同……」

詹勝安話還沒說完，坐在旁邊的阿樂打斷道：「那就換你們也飛上天吧。」

「飛、飛上天？真的可以做得到嗎！」駱以聲難以想像那個畫面，就連駱以安都驚訝阿樂說的這句話。

「當然辦得到，曾經有對雙子就有發展到飛行的能力。」坐在左側第一個位子的貝娜回答說。

在那後來，兄弟倆為了讓自己學習飛行的技巧，不斷地接受各式各樣的訓練，甚至連垂降等恐懼課程都必須咬牙忍過，過了數個月的累積，兩人在同一天，從高樓大廈墜落時讓屬於自己的翅膀誕生了。

「我看見他了。」駱以安從黑夜中看見了羅迦的背影。

「果然有雨澤哥的『躍間』一下子就能追到他了，接下來我們要怎麼做？」駱以聲讓背部的肌肉一緊，讓翅膀張開的幅度縮減，以便增加飛行速度，更快的接近目標。

「我有個想法，聽我說。」駱以安側臉向弟弟講述了計畫。

那些人類……沒想到把我逼到這種地步，而且這力量為什麼流失得這麼快？

羅迦一邊飛行一邊試著去明白自己的身體狀況，然而他只知道自己握有的雙子血力量被原主人奪回，卻不明白影獸神應該擁有的強大力量究竟去哪了。

忽然間，從背後傳來了一陣緊迫盯人的氣息，羅迦往後一瞥，看見了駱以安有了一對白色羽毛翅膀追上他的速度。

「這小鬼……」羅迦隨手往後拋出一顆黑玉，速度極快地襲擊駱以安。

駱以安往下飛低了高度好躲開火球，就在上升時，又丟來數顆火球。他臨危不亂，雙手一伸，凝聚了空氣中的水分子化為一道堅不可摧的水牆，吞下了威脅。

看著駱以安一次又一次的躲過攻擊，被惹到惱怒的羅迦察覺到了異狀。

那個黑髮的呢？

瞬間一道人影從天而降，強大的衝擊力撞上羅迦的背部，踩碎了數根骨頭，一路沿著強勁的力道往下直墜。

「什、什麼！是——你啊！」羅迦沒辦法改變姿勢，只能斜眼看著用雙拳重擊背部造成襲擊的駱以聲。

但這種招式，也對駱以聲造成了一定程度的傷害，但他忍著拳頭受力骨折的痛楚，心想著無論如何都不能在此停下來。

他嘶吼著道：「我不會再讓你為所欲為了啊啊啊啊啊啊——混蛋影獸神！」

好痛。

駱以聲從沒有經歷過這種疼痛，感覺雙手臂被人扯斷一樣，痛得幾乎沒有辦法思考了。

我不能輸，如果在這裡就退縮的話，羅迦一定會再次躲起來的。

可是好痛，我快忍不住了。

在下墜的時間，駱以聲想起了是自己逞強，要替哥哥做出這種計畫的。

好好笑，自己這麼愛逞強，結果……

「我不會原諒你的，小鬼！」羅迦吼道，在途中瞬間轉了一圈改變了姿勢，用兩隻手抓住了駱以聲的拳頭。

「糟了！」駱以聲沒料到情況這樣發展，驚慌失措。

就在這同時，銀光一閃，從羅迦的雙手臂劃出一道水平。

下一秒，兩隻手臂斷了半截，羅迦被疼痛刺激得大腦彷彿要爆炸般，他連憤怒的想法都來不及有，就被痛苦掩沒了理智。

駱以聲訝然的往旁邊瞥望，看見了駱以安拿著一把鋒利、沾上黑液的白劍。

羅迦與駱以聲撞上地面的瞬間，駱以安緊急拉起弟弟的臂彎，翅膀一張往上直直升空。

「哥……」駱以聲的雙手痛到沒有知覺，他依偎在哥哥的身邊，只覺得好累好累。

「你做得很好。」駱以安拿著劍，看向在地上撞出一個窟窿的羅迦，「剩下的就交給我吧，我來結束他的生命。」

「哥，小心點。」

「我會的。」駱以安翅膀一縮，往下方直衝。

白瞳直盯著大字躺在窟窿裡的羅迦，看著他幾近昏迷的面孔，駱以安手拿白劍往那軀體一刺！

鏗！

羅迦的身軀瞬間化為一團黑霧，立刻往上一衝，扯斷了駱以安的半邊翅膀，並且直往駱以聲的位置衝去。

「以聲！」駱以安緊急一喊，喚醒了駱以聲那張惺忪睡臉。

但來不及了。

那股強而有力的黑暗雲霧全部進入駱以聲的身體裡，他像個斷線的木偶，四肢因為受到衝擊不停的顫抖，眼睛翻白，口吐白沫，完全嚇壞了待在地上，想飛也飛不起來的駱以安。

在眼睜睜看著駱以聲被侵入時，駱以安花費了好長一段時間，才聽清楚耳朵裝置中傳來的女性聲音。

黑卣著急的口吻，讓駱以安終於回了神。

「小白，發生什麼事情了?你們的位置出現大量的影氣反應耶!」

「以、以聲……他被侵入了。」駱以安找不到適當的用詞，從現狀來看，駱以聲的附近散發著濃郁的影氣，簡直就像是另外一隻影獸神般，但那面貌卻是自己親愛的弟弟。

這種衝擊讓駱以安嚇傻了眼，看著待在空中垂頭垂肩的駱以聲，他沒有任何辦法去確認弟弟的狀態怎麼樣了，只能待在地面上，仰首凝視。

剛才的墜落，驚退了車潮與人群，然後政府的警政單位也在第一時間趕到現場，配合雙子討伐影獸神，區隔了圍觀的人潮。

突然，駱以安聽見了細細的笑聲。

「以聲！」

駱以安的呼喚，沒有起任何作用。

過了一會兒，駱以聲緩緩地抬起頭，憤怒牽動眉毛，瞪著待在地上的哥哥。

曾經是一對互相保護的兄弟，在此刻，兩人的立場完全的改變了。

「原來這就是雙子的力量嗎？沒想到還挺中用的嘛！」駱以聲輕浮的說，就像是羅迦那種狂妄的個性。

「把我弟弟還來！」

「我不還，你又能怎麼做？」被操縱的駱以聲舉起右手，手心冒出了一枚黑光火玉，雙眼定睛著駱以安，確認了目標的位置。

「駱以聲，不要被這傢伙打敗了！」現在唯一能做的，就是喚醒弟弟的理智。

就像數個月前，駱以聲失控的那一次，也是駱以安費盡口舌才喚回來原本的意

志。

「駱以聲，不要輸給這種人了。」

「少說廢話，你那可憐的弟弟已經不在了！」

羅迦作勢拋出，但火玉卻在空中自行熄滅，讓他愣了神，心底同時間聽見了駱以聲掙扎的吶喊。

「可、可惡，我才……不會輸給你的，你這個混蛋影獸神！」全身被黑霧纏繞的駱以聲，被囚禁在心底那幽暗的一角，不過因為聽見了哥哥的勵言，讓身體充滿了暖和的力量，就像陽光般暖烘烘的逐散了黑暗。

「不要做白工了，你的身體已經是我的了。」在駱以聲的面前，羅迦沒有五官的黑色人樣站在面前，傲氣的宣示著身體的主權。

「不，這是我的……我不允許你拿它來做任何壞事，尤其是……」駱以聲用力說道，不甘心的咬破了嘴唇，沿流著一絲鮮血。

羅迦揚起眉毛，好奇重複了一遍：「尤其是？」

「尤其是你試圖要殺了我哥！我會保護他的啊——」駱以聲雙手一張，擊退纏在身上的所有黑氣，像顆耀眼的太陽，讓周圍的黑暗都沒辦法集中在他的身上。

下一秒，駱以聲雙手往前一推，一道刺光撞上羅迦，逼得他瞇起眼睛。

駱以聲抓準對方暫時看不見的幾秒鐘，往前奔跑，一種直覺牽著右手，往左胸口的位置重重進擊了一拳。

軟綿的觸感沿著手臂傳進大腦，在羅迦左胸口處，駱以聲的拳頭完全貫穿了這部位。

他的拳頭在那軟綿的身體裡抓住了某種堅硬的東西，才了解到是它在呼喚他，才攻擊了這個部位。

羅迦反射性用雙手按住駱以聲的右手，齜牙咧嘴的說：「我不會讓你奪走我的寶物的！」

「它是屬於『雙子』的。」駱以聲感覺到手心裡面有股力量正等待著他，然後繼續說：「是它，是它在呼喚著我。」

駱以聲右手用力一拔，羅迦雙手被迫鬆手，然而這副身體在弟弟的心底，漸漸的化為一灘如同汙漬的黑色液體。

羅迦消失前，不停的掙扎著：「我不要啊！我還不要死啊！」

駱以聲搶回了意識，也得到了手心裡的寶物。

他攤開手心一看，是一顆璀璨的七彩色寶石。

就算自己沒有看過，但它呼喚著弟弟，讓他的腦海裡浮現了三個字。

「魂晶玉。」駱以聲看著手中的寶石，難以置信的說著。

「你做得好極了，以聲。」熟悉的聲音，引起了駱以聲的注意。

眼前的景色由街道被一片強光籠罩，駱以聲不明的眨眨眼，過了三秒鐘開始適應以後，他發現自己身處一個雪白的空間裡，只有一位成熟的女性站在面前，熟悉的外貌讓駱以聲瞬間紅了眼眶，熱辣的感受灼傷了眼睛。

「媽、媽……媽！」

他幾乎不敢相信眼前的人就是母親，當他正想向前擁抱時，身體卻無法動彈，只能僵在原地，凝視著眼前的人物。母親舉起纖細雪白的手臂，伸直長繭的指尖，輕輕的放在凌亂的黑髮上，「辛苦你了，以聲，媽媽我可是很想你呢。」

「這是怎麼回事？媽，妳還活著嗎？」

若是活著就好了，是吧？

她搖頭道：「不，媽媽已經死了，剛才那是媽媽的靈魂，你們稱那叫做『賢者之石』吧？其實，媽媽有些事情打算要告訴你，看時間充裕的關係，我們就慢慢說吧。」

「我以為、為沒辦法再見……到媽了。」駱以聲哭得稀里嘩啦。

她用指節抹掉兒子的眼淚，哄道：「乖，媽還在這，多虧了魂晶玉，媽媽才有辦法站在這裡跟你好好說話。」

「在我說故事以前，我得先告訴你一件事情。」她指向自己，露出罪惡深重的悲痛表情：「不要被黑暗蠱惑了自己，以聲，我最擔心的就是你了。」

母親看了駱以聲不太明白的樣子，以溫柔的口吻說：「這個世界需要的是一對雙子來保護，缺了任何一個人都不行的，這是你們的宿命，也是你們必須完成的使命，就算是為了全人類。」

「現在，我會把我所知道的事情都告訴你，你只要沉住氣好好聽我說，這樣就夠了。」

她拉起駱以聲的兩隻手腕，輕輕呼出一口氣，讓周圍一圈的光牆立刻粉碎，轉換了場景。

白橡木蓋成的木造祠堂，供奉著神像，微風輕輕拂過木梁上的風鈴，傳出微微的鈴聲。祠堂邊的小水池裡，幾隻鯉魚躍出池面，拍打水面的聲音配合了鈴聲，有種讓人可以完全靜下心的感受。

在祠堂的外道，沿著碎石步道會有塊石碑立在中央，上面刻滿了馬雅文字。站在水池邊的兩人，在石碑的位置看見了兩名女性正在交談，完全沒有注意到駱以聲與母親的氣息。

駱以聲定睛一看，其中一名女子竟然就是年輕的母親，另外一位是高齡的老婦人。老婦人抱著兩名剛出生的孩子，身上包著一黑一白的布料，塞進了年輕女性的懷裡。

「這是真相，關於十六年前的真相。」母親永遠忘不了當初這幕的欣慰道。

「這對孩子真的要交給我扶養嗎？」母親叫做林月，她只不過是其中一名祭司，並不認為自己有那個能力可以一次照顧兩個孩子。她眼前的那位老婦人是將近七十歲的大祭司長老，頭披著白巾，遮蓋滿頭白髮、穿搭一身隆重拖地的聖潔長袍。

「我相信妳可以把他們照料長大的，而且這對特別的雙胞胎，將來會有截然不同的命運，請妳一定要協助他們度過難關。若是這個世界失去了雙子，就等同於失去了保護，災難降臨的時候，所有物種就只能在岩漿中掙扎了。」

老婦人說得緩慢，一字一句清晰的傳達給眼前的林月，希望她能聽得明白，這

是一項重大的責任。

「馬雅預言嗎？」林月看向身邊的石碑，那是只有老婦人才能讀懂的馬雅文字。老婦人點點頭，低下視線凝視懷中熟睡的雙胞胎，小聲地說：「比災難更可怕的浩劫，在於這對孩子能不能熬過一場難關。」

「難關？」林月小心翼翼抱著孩子，就怕弄疼了脆弱的新生兒。

長老費力地呵呵笑出聲：「我並不能預知未來，不過神明的聲音至少傳達了一些必定會發生的事情。」

「可是長老，我不懂該怎麼照顧孩子。」林月不忍心拋下這兩名小孩，可是又因為現實的問題，她面臨了對自己而言很大的難關。

不過老婦人仍沒放棄：「事到如今，除了妳以外我真的找不到其他人可以替我照顧這對雙子了，要說另外一個理由的話，妳跟他們有些相像，母親的這個角色，妳最適合不過了。」

「走吧。」長老指向碎石步道的盡頭，一座木造的拱門已經敞開外頭的街景。

「若是可以，請不要事先讓他們知道自己的身分，直到雙子之力產生共鳴，妳再讓他們了解自己的使命，這是為了避免他們無法一同度過難關。」

「可是……」

老婦人打斷她要說的話：「別可是了，這是臺灣本島的未來，以及全世界存在的關鍵。」

長老從袖口掏出一顆七彩色的鵝卵石，林月一看到珍物便驚慌失措的說：「這不是魂晶玉嗎！大人您打算拿來做什麼？」

「由妳來保護魂晶玉，不讓它落入人類的手裡。」長老盯著手上發光的石頭，「魂晶玉本身就具有強大的力量，那是初代雙子所遺留下來的寶物，擁有凝塑影獸的力量，而且可以強化影獸的素質，同樣地也可以增幅雙子的力量，前提是他們必須要能掌握住。

「等到時機成熟後，魂晶玉與雙子血還有賢者之石的搭配，可以讓他們發揮百分之百的力量，用來保護這個世界。」

長老將璀璨的寶石放到林月的眉間，神奇地穿透了進去，她原本以為會有什麼難受的症狀，卻意外一點感覺也沒有。

「好好保護這顆石頭，等到他們長大了，魂晶玉自然而然會引起雙子的共鳴，從妳體內離開，並自動找上雙子。」

「那由大人您來不是更安全嗎？」

「這裡已經結束了，何況我這條老命也沒辦法撐到這對孩子成年，就由妳好好扮演一個好母親的角色。」長老搭了林月的肩膀，露出笑容。

畫面在駱以聲的眼裡快轉起來，孩子們就在母親的照顧下健健康康的成長。駱以聲也漸漸的想起了一些已經忘記的趣事，然而兩人原本都擁有相同的個性，都是開朗、充滿笑聲的孩子，卻在陰綿綿的那一天，一切都變了。

年幼的駱以安撿回一條命，受到打擊的他封閉了自己的內心。駱以安變得悶不吭聲，總是默默無語地盯著一處發呆，從來沒有人知道他在想什麼，而且父親死去的訊息替家庭帶來極大的殘酷，讓他們一家三口度過了難熬的日子。

畫面播到這時，旁觀者的駱以聲嚐到了什麼叫做痛徹心扉，接著畫面又快速播放，讓他不清楚這些畫面在演繹什麼。直到影像停下來後，是兩個少年都長大到十六歲的畫面。駱以聲記得這段畫面，也是永遠都忘不了的一段記憶。

駱以安扛了兩具狼屍回來，母親一個人待在屋裡，思考著該怎麼料理桌上的動物屍體。

過於專注的結果就是讓她沒注意到有人躡手躡腳地進入屋子，忽然地板的呀咿

聲讓她回過神來，卻被進屋而來的魁梧男子嚇了一跳。

一名擁有啤酒肚的胖子看著對方的反應，也不再小心翼翼的移動，而是一腳大聲的踏步，接近了林月。他穿了一件毛邊的無袖迷彩背心，露著圓滾的肚皮。胖子拿出一把大刀直接砍向桌上的動物屍體，濺起一桌的血沫。

看著林月的慌張反應，他卻越是享受，摸著特地留的絡腮鬍，乾脆的拉開椅子，大爺般的坐姿凝視著林月。

「我都拜訪這麼多次了，妳還這麼緊張兮兮是做什麼呢?不要以為我們就怕你們村落的那對怪胎。」胖子掃視一圈，沒有看見礙眼的小鬼，嘖聲：「切，他們外出了啊？」

「關你什麼事，你趕快給我出去，否則我就要請村落的人來圍捕你這個山賊了！」林月裝腔作勢的恐嚇對方。

胖子是吃軟不吃硬的狠角色，他猛地瞪了她一眼：「婊子，睜大妳的眼睛給我看清楚誰才是老大，再來我還有一句話要說呢。

「這個村落已經被我們山賊的人給團團包圍了，只要我一個下令，這裡就要毀了。」他撫摸起自己的肚皮，對靠牆壁的林月上下打量一番：「雖然我很想跟妳做某些事情，可是我得先把最重要的問題給解決才行呢。

「告訴我魂晶玉的下落在哪裡，我可以考慮饒過妳一命，放這條村子的人一條生路。」

擔心自己逃跑反而會危害到其他人，林月只能選擇忍耐。

對方繼續說：「要是妳不告訴我的話，我就一把火燒了這村落，反正才這些人口我才沒再怕的咧！」

她信守大長老的承諾，當然不可能將魂晶玉的實情告訴給對方：「我不知道！」

「不知道？是真的不知道還是假的不知道啊！」對方猛力拍向桌子，震得桌上的瓶罐東倒西歪。

「既然妳不知道的話，我只好……打到妳說出來為止！」

對方迅速拔起大刀，以三步併作兩步的速度往準備逃出家門的林月接近，就在她觸碰到門把的前一刻，背後一股拉勁讓她身子失去平衡，跌向地面，胖子一腳踩著女子的背脊，一手玩弄起鋒利的大刀，「怎麼？死鴨子嘴硬嗎？」

「我、我並不知道魂晶什麼的東西，快放開我！」

胖子豪邁的笑：「放了妳？我有沒有聽錯啊！妳這婊子！」

他一手抓起林月的肩膀，直接讓她站起來，並用力推向牆上。

胖子丟下大刀，只憑一隻大手抓著林月的兩隻手腕，高舉過頭的制服著，輕易的壓制住她的掙扎。他用另外一隻手在女人的頸脖游移，更加刺激心底的色欲，最後粗魯地扯壞領口的布料，露出雪白的雙峰與可口的肌膚。

「媽的，不說的話我就弄死妳這女人！」

那隻手繼續往下探索，撩起裙襬，直接往私密的位置探去，儘管她咬緊唇舌都不打算說出所有的祕密。

林月趁對方分心，用頭擊撞上胖子的額頭，讓對方短暫鬆懈掉力道，她抓緊這珍貴的空檔打算往外跑時，對方卻再度把她拉進屋子，直接推向桌子，動物屍體與瓶瓶罐罐摔破在地上，灑滿一屋子的嗆鼻辛香料。

林月覺得頭暈目眩，她看不清楚眼前的胖子，嗡嗡的聲音在耳朵盤旋著，連男人說什麼她都聽不大清楚，只能感覺到溫熱的液體沿著地心引力從額頭流向地面。

「都已經傷成這樣了，還不肯告訴我嗎？」胖子把刀尖迎向視線還未恢復的女性，看著沒起什麼威脅作用，咒罵一句：「我看不給妳點顏色瞧瞧，妳只會把我當傻子耍吧。」

胖子走到牆壁的窗邊，用刀柄擊碎窗戶，看了一眼外頭悠閒的村落後，從口袋拿出預先準備好的手榴彈，不顧林月的阻止，直接往外一拋。

那球體落在遠處幾名男性的腳下，有人注意到不對勁的地方，往下一看。

「砰」地一聲巨響，爆炸將那些人炸成粉碎。

像是一個訊號般，村落的四面八方傳來山賊的狂歡聲，人人都拿著火把拋向木造的房屋，燒毀了所有的建築物，一夕之間讓村民的尖叫聲埋沒在烏煙之中。

胖子露出愉悅的笑容，抓起林月的兩隻手，打算盡可能的汙辱對方，用來滿足自己的獸欲。

駱以聲轉開視線，不想看見母親受到這些傷害。林月露出微笑，一下子就快轉畫面，切到兩兄弟因她的死亡大打出手。

駱以聲皺著眉頭，驚呼說：「咦？我怎麼不記得有這一段……」

而且駱以聲還注意到了一件事情，顫抖地說：「是哥，是哥把媽給殺了嗎？」

感覺到駱以聲的情緒受到波及，林月急忙解釋：「因為你們的意識突然被雙子之力給占據，大概是從這個時候起，你們正式喚醒了體內那股力量，也就是所謂的

雙子之力。」

影像又再度快轉，就在兄弟倆用石頭堆完山丘，離開村落踏向都市生活後。那是個在傍晚接近夜晚的時刻，林月指著自己住家的瓦礫，要駱以聲仔細看著那個地方。

兩顆石頭從廢墟中浮到半空，一顆有著純淨的黑色，另外一顆則是散發七彩色光輝的鵝卵石，那是會讓人視線永遠久留的魂晶玉。

那兩顆石頭融合了，釋放出一團充滿混沌的黑氣，纏繞住石頭，幻化成黑貓形體，開始吸收所有殘留在村落的負面能量，壯大了自己的力量。

原來是這樣子，羅迦才有可怕的破壞力。

駱以聲心中終於有了個答案。

「羅迦……就是媽媽嗎？」這幕真相讓駱以聲支支吾吾。然後羅迦左顧右盼以後，逃向了森林，再也不見了蹤影。

面對駱以聲的問題，林月皺緊眉，愧疚在心，「嗯，這就是真相，因為媽媽死命都想保護住魂晶玉的存在，所以製造出怪物。」

兩人站在村落的石山前，母親抓起駱以聲的臂彎，緊緊擁抱在自己懷中，說不盡的捨不得總是在時間已經要結束時更加強烈，更讓人開始想逃避而不想面對這份殘酷。

可是這改變不了什麼，所以林月只能抱得緊緊，哽咽說：「媽媽對不起你們，沒有辦法陪你們到長大，還添了這麼多麻煩，不過很謝謝以聲把影獸解決掉了。可是你要記得，這份力量太過於強大，千萬不要獨自一個人去承受，還有以安陪著你。」

「可是媽——」駱以聲著急大喊，但接下來要說的話卻因為母親身上籠罩一層微弱的光芒，反而擠在喉嚨說不出口。

看著母親逐漸透明的身影，他也開始感覺不到任何溫度，就連身體該有的觸感也正漸漸的被剝奪，他只能睜著眼睛，讓眼淚一直掉落。

「還、還能……能再見到媽媽嗎？」最後，他幾乎是哭啞的說。

「這是我們最後一次見面了。」

駱以聲一抓，懷裡的母親已經消失，只剩下空虛的自己，好一陣子愣在原地，仔細地咀嚼在剛才聆聽見的細聲。

我愛你們，我的孩子。

一股由心底深淵湧出來的力量瞬間傳遍全身，駱以聲猝不及防，瞬間全身充滿了前所未有的力量，而且不斷地一直湧出來，像是永無止境的湧現。

這就是魂晶玉的力量嗎？

駱以聲抬起眼睛，看見駱以安那張擔憂的表情，卻不以為意，而且滿腦子全部都被哥哥殺死母親的念頭給填滿。

一遍又一遍，駱以聲皺著眉頭，眼神不友善的看著駱以安。

他無心傷害哥哥，可是卻難抵擁有力量的副作用，彷彿有其他靈魂正在搶著這副身體，逼得他開始頭痛欲裂，如同大腦被人用鈍器重擊一般。

駱以聲痛得按著太陽穴，撇開頭，看向臺北城最高的建築物。

然後多重的訊息接踵而來，像一場凶猛的大海嘯，最後他憑著直覺，利用背部的翅膀奮力一拍，飛往了一〇一建築。

睜眼看著弟弟離開的身影，駱以安還記得剛才那幾秒鐘的注視，那陌生的神情已經不是自己認識的弟弟了，而且他摸不懂弟弟在想著什麼，為什麼會有這麼憤怒的表情？

他想追上去，可是翅膀已經折毀。同時，耳朵的裝置傳來黑卣的聲音：「小白，情勢怎麼樣了？我剛才在螢幕上有一瞬間出現羅迦的訊號，可是一下子又消失了，然後是龐大的影氣反應。」

萌生了一絲恐懼，黑卣停下敲鍵盤的動作，專注地看著自己通話用的麥克風。

「黑黑，不要緊張，事情不會太糟的。」

聽見身邊金絲雀的安撫，便不斷告訴自己要放鬆，不要去想太多，但難掩心中的不好預感。

駱以安壓著耳機，倦怠的說：「我會處理好的，請黑卣姐不要擔心。」

「小白，小黑在你旁邊嗎？」

聽見黑卣這項問題，駱以安沉著一張臉。

他低下視線，默默不語的看著凹凸不平的土坑。

因為他從來都沒有想過會與駱以聲有這樣子的變化，就像斷了雙子之間那條隱形的線，讓他的心底有了一種空蕩蕩的感受。

痛，一種來自胸口的痛，讓他難受。

他阻止不了眼眶泛熱，熱辣辣的爬遍眼尾，然後一滴眼淚滑過臉頰，晶瑩得像

顆鑽石滴到地上。

「小白？」黑卣反覆叫喚，得到的只有一陣沉默。

他無法控制自己的哭腔，啞著聲音緩慢地說：「對不起，我會處理好的。」

「小白，到底怎……麼了。」黑卣最後卻不是發問，卻是發愣了。

「黑黑，怎麼了？」金絲雀頭轉過來，看著一臉茫然的黑卣。

「小白把通訊的耳機連線解除了。」黑卣面無表情的一字一句說著。

會得不到任何回音，只有一種現象，那就是耳機脫離耳朵讓線路中斷了。

「那以安有說什麼嗎？」

「他說他會處理好的。」黑卣覺得有種很害怕的感覺。

但這感覺一下子就被金絲雀一手拍散，她在這種時候反而是揚起笑容，燦爛的笑說：「沒問題的，相信他吧！」

我能做到嗎？

要沒事啊！以安、以聲。

待在坑洞中的駱以安，在拆下耳機以後，只有一個決心，就是把那總是需要照顧的弟弟帶回來。

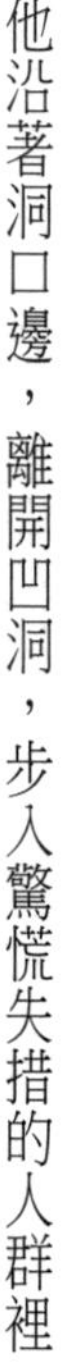

他沿著洞口邊，離開凹洞，步入驚慌失措的人群裡。

最終章 不要放手

駱以安依賴著雙胞胎的神祕直覺，一路來到了臺北城最高建築。站在這裡，一個在地上、一個在頂端，兩人擁有了不同的立場。

駱以聲雙手併貼在身體兩側，自由垂降的姿勢往下直衝，像一顆閃瞬即逝的流星。

「砰」地一聲，駱以安向後跳躍，避開從天而降的一擊。大雨滂沱，雨水卻繞過他的身軀，彷彿有道透明的牆從頭至腳的保護著。

「不錯嘛！我以為你不會躲掉的。」攻擊落空的駱以聲蹲伏在地上，紮實的右拳抵著龜裂的柏油路，勾起嘴角欣賞哥哥的應戰技巧。

「駱以聲……我們不應該對彼此這樣子的。」駱以安不忍心看自己的弟弟被力量吞噬而變成另外一個人，並沒有想與對方交手的打算。他輕嘆口氣，露出憐憫的眼神，說道：「我剛也說過了，我不可能動手傷了你的。」

「我知道、我知道雙子之間是有奇怪的契約保護著，反正我們是殺死不了彼此的，不過至少我可以把你打得只剩下一口氣，再弄一點意外，你的生命就會走到這裡了。」駱以聲不吃這一套的站起身，手指挖著耳朵，一臉厭惡的瞪著站在馬路中間的白髮男子。

「還是說……」忽然想到點子的駱以聲往後瞥向一〇一的正門口，冷漠的目光掃過群聚在玻璃門的平民，覺得越來越有趣的提議道：「你要是不跟我交手，我就把後面那群人給殺了，要殺一個人類對我來說實在是太簡單了，你知道嗎？我只要動一根手指頭，就可以輕而易舉的辦到了。」

「不！」

危及到他人生命可不是雙子之間該做的事情，聽見駱以聲這麼說，駱以安激動的嘶吼，這已經踩到了他的底線。

「哎呀哎呀！駱以安，既然說不了，那你就等於要跟我比拚一場囉？」駱以聲抖動肩膀，仰起頭，注視著下雨的雨雲，「在這個世界末日以前，雙子大打一架讓我想起了司令跟我們分享過的小故事呢，還記得嗎？」

拿其他人的生命開玩笑這一點，完全刺激了駱以安，就算不願與自己的弟弟交手，他也有了上前奮戰的理由。對於駱以聲的問題，哥哥不做任何回答，板著一張冰冷的臉，瞪著總是嘻皮笑臉的黑髮男子。

「你不會是忘了吧，就是那個什麼火山爆發的，不如我們就盡情地打一架吧，把整個臺北搞得天翻地覆吧。」駱以聲搔搔頭，左手緩慢的移動到腹部上，「我可是……一點都不原諒你曾經犯下的過錯呢。」

駱以聲箭步一踏，身影在原地瞬間消失，迅捷的腳步讓駱以安訝然，但他迅速冷靜下來，閉上與眾不同的白瞳，把自己的感官放大到四面八方。

在這！

駱以安維持閉眼的狀態，相信著直覺抬起左手臂，手肘確實碰到了使勁力道的拳擊，腳底磨過積水的聲音溢進他的耳裡。

「切！沒想到還挺有一手的。」駱以聲用右腳向後撐著，穩住身體的重心，讓力量更容易集中在右手的指頭上，不過還是敵不過駱以安的單純防守，作罷地展現速度高人的一面，再次消失了。

在雨中的駱以聲快如閃電，不過駱以安卻從剛才的專注中，分析出了對方的行為模式，也找出了弱點。

雨水成了駱以聲最大的失敗，就算行動再怎麼快，都沒有辦法降低腳步踩踏水花的細聲，儘管在人類的耳朵裡是聽不見的，但是對聽覺敏感的雙子而言，那可是像有人刻意踐踏水花一樣，不去注意都難。

這一次，駱以安的直覺驅使身體自行動作起來，右手臂抬起，又接觸到了駱以聲的拳頭。這一次，駱以聲完全惱火的大罵：「切！為什麼你總是什麼都擋得下來，別在我的面前老是用你的聰明來侮辱我！」

駱以聲鬆開拳頭，將手心面向緊閉雙眼的駱以安，彷彿看見勝利般的揚起得意的笑容：「這一招，我看你怎麼還能平常心應對！」

「砰」地一聲，地面劇烈搖晃，駱以安整個人被彈飛到空中，旋轉了三圈，摔落到馬路上，撞得地面裂出蛛痕。

駱以安的衣衫全消失了，他狼狽地站起身，全身冒著熱騰騰的白煙，瀏海的髮型也被弄得一團凌亂。

「怎麼樣，我可不是永遠都敵不過你的，我為了報復……有多麼痛苦，你怎麼可能會知道啊！」這一下子，駱以聲再次消失，他趁駱以安還沒閉上眼睛時，迅雷不及掩耳的站在他的面前，左腳猛力將對方踹倒在地面。

駱以聲高傲的抬起下巴，鼻頭因為接下來要說的話熱辣起來，忍著欲哭的情緒，啞聲的嘶吼道：「媽媽的死……你到底要怎麼補償啊——」

「媽媽？」駱以安臥倒在地上，一聽見敏感的話語，不解的看向悲憤的駱以聲。

「不然呢？你為什麼還要裝蒜下去，你隱瞞了我多久啊？」駱以聲完全被腦袋

中的激動情緒壓得無法恢復理智，吼著說：「已經數個月過去了，你打算隱瞞我一輩子嗎——！」

駱以安沒有立即回應，更加激怒了弟弟，直接用手掐住哥哥的脖子，並高舉過頭。

「最讓我生氣的是你沒有告訴我這件事情，你知道嗎？」駱以聲想起剛才遇見母親的狀況，哽咽說：「這件事情還是媽媽自己告訴我的，你為什麼要隱瞞我啊？」

駱以安沒有任何記憶，但也因為駱以聲現在的情勢，腦海裡那些讓自己困惑的模糊片段，因此逐漸清晰了。

那一天，雙子之力失控的那天，在莫拉這個村落面臨著一場滅村血案。

族人們因痛苦及懼怕死亡哀號遍野，那些此起彼落的尖叫聲讓現在的駱以安仍覺得餘音猶在。

彷彿影響著雙子最大的事件，就像是在昨天發生一樣，歷歷在目。

看著駱以安難受掙扎的表情，駱以聲忍下了對兄弟的心痛，卻也無法阻止住進體內的各種負面意志，完全壓垮了原先的自我。

「為什麼，你為什麼什麼都不跟我說？」駱以聲指節一用力，更是讓駱以安因呼吸不到空氣，臉色開始失去血色。

儘管全身都使不上力，視線一片模糊，但駱以安已經消化完腦袋裡的種種片段，無論如何都把話用力地從喉嚨擠出來。

「對……對……對不起。」

駱以聲揚起眉毛，不屑說道：「對不起能換回我們的媽媽嗎？」

忽然間一道青藍色的光線出現在駱以聲的眼裡，複雜的光束線條組成了一抹人影。

「以安！」黃雨澤一到現場就看見劍拔弩張的情勢，急促地喊。

駱以聲向黃雨澤的方向伸出左手，不顧曾經擁有的同事情誼，一團黑色的氣體卻有著強勁的衝擊力，撞得黃雨澤向後一仰，跌倒在地。

「駱以聲，你是怎麼了？」黃雨澤打算撐起身體，但雙手臂卻被地上突出來的黑線緊緊綁著。

「我只是看清了事實而已。」弟弟冰冷冷的看著昔日的夥伴，然後迅速轉過身，早已料到突襲的再次伸出左手，直接彈飛了舉劍逼近的阿樂。

這一記衝擊讓他整個人撞陷水泥牆，痛得肩膀使不上力。

待在附近的詹勝安原本也打算前進，卻因為駱以聲的行為停下衝動，只是舉著一面盾牌站在旁邊。

緊接著，越來越多人來到了駱以聲的附近，形成了圓圈

就算全部人一擁而上，駱以聲也有十足的信心解決現在的窘境，不過最讓他心煩的並不是這些人，而是右手正抓著的駱以安。

弟弟刻意放鬆了力道，沒有將駱以安致死。

「你還是你……對吧。」駱以安感覺到喉嚨的壓迫少了些，自嘆地笑了。

這種笑容，讓駱以聲憤怒的牽動了臉上的表情，「不要認為你懂我了，你根本就不知道我有多難過、多傷心，而且這股力量太讓人上癮，憑你是阻止不了我的。」

「我承認。」駱以安小聲地說。

「你承認？我說過了，你不要在那邊自認自己很懂我——！」駱以聲將駱以安甩出去。

駱以聲不費吹灰之力就瞬間來到駱以安的面前，一腳踩著哥哥的胸膛，「你知道嗎？我現在最想做的事情就是用我這種力量來換回我們的母親，至於你，我會讓你嚐到我現在正在受的痛苦。」

「以聲，不要做傻事啊！」黃雨澤奮力一吼，就只是想把內心的話告訴他，死者是不能復生的。

這卻遭到了駱以聲一記斜眼，接著空揮一記左手，憑空就賞了黃雨澤一記重拳。

強大的力量讓在場的人只有圍觀的分，沒有人有勇氣向前挑戰駱以聲的能力，這算是一種自知之明，而弟弟也就懶得跟這些人計較，只在意著當中的朋友們。

駱以聲掃視一圈，不厭其煩地說：「你們幹嘛這麼害怕？難道我在你們的心中，已經成為了怪物嗎？」

自己提及到怪物，便想起了兒時那段不好的回憶。

即使現在已經不會再發生了，但曾經發生過的事情就像結痂的傷疤，隨時都可以讓傷口再一次血淋淋的刺痛自己。

「是啊，你們會這麼害怕也不是沒有原因的吧。」受夠了大家的目光，駱以聲低下視線直視沒有招架之力的駱以安。

被壓倒性的力量制服，駱以安忍著胸部壓迫的痛楚，動著乾唇說道：「就算……你擁有所有的力量，有些事情是不會改變的，以聲。」

駱以聲靜靜聽著。

「人死是不能復生的，媽媽的死，我很對不起你，是我沒有控制好自己……當我看見你也被這股力量操控的時候，我就決心無論如何都要阻止你，就算、咳！就算我做不到，我……我也要嘗試看看。」

「多麼妄想的一句話，我還以為你會說出什麼讓人值得一聽的呢。」駱以聲鬆開腳，繞著駱以安兜圈，一邊手舞足蹈地說：「你並不知道我這股能力有多麼無限，讓我有種可以隨時抓住整個宇宙的感覺，就連現在還是源源不絕的從體內流出來，你真的認為我不能改變一些事情嗎？還有啊，我真的受夠了這種偷襲的小伎倆了。」駱以聲往一處停車場的屋頂射出火光，命中了正在製造著泡沫的貝娜，將她往後一彈。幸好黃雅鈞就在身邊，立刻扶住了身軀。

「貝娜姐！」看著倒在懷中沒有意識的貝娜，黃雅鈞心急了。

「放心吧，我避開了要害。」駱以聲聳聳雙肩，「她隨時會醒來的。」

「你為什麼要這麼做？」駱以安想撐起來，肚子便又受到踢擊，整個人又倒了下去。

「我剛才不是說我避開要害了嗎？我又沒有殺人，你這種憎恨的眼神我開始有點討厭了，雖然剛才我的確想跟你大打一場，現在我想已經沒必要了。」駱以聲挖著耳朵，一派輕浮的說：「我膩了，所以我決定要用盡一切來換回我所失去的。」

駱以聲雙手握拳，腹部一用力的結果就是讓赤裸的上半身開始在皮膚底下，顯現出紅寶石般的鮮豔光澤，那一條又一條的光痕就烙印在肌膚上，爬遍全身上下。

就像是喚醒了雙子之力一般，腳底下向上沖的氣流吹亂了駱以聲的髮型，同時掀起了一陣沙暴，狂襲了在場的所有人。

這不讓駱以安受威脅，儘管面對這種險境，他還是不畏地站起來，一定要阻止他。

雖然不知道該怎麼做才能讓死者復活，但是駱以聲天真的依賴了自己的力量，讓心底的缺口完全打開，湧進了更多、更多，流遍整副身軀。

「以聲！」

光站在身邊，駱以安就能感覺到空氣因為力量的釋放在顫動著，而這股力量從旁人的感覺中，已經走向了不可控制的境界，要是再這樣下去的話，以聲一定會……被反噬得更徹底的。

「你不要阻止我，不要再從我的身邊奪走任何一切了！」

駱以聲一邊嘶吼，一邊用手心瞄準駱以安，利用震波擊退試圖接近的對方，然後讓自己完全享受著力量。

還要更多，為了媽，為了村子。

駱以安是凶手，他不是我哥哥了。駱以聲暗暗心忖，接著打算刺激出更多力量，但是這一刻，卻將成為大錯。

駱以聲的眼睛被染為赤紅，連光滑的臉蛋也遍布紅痕，體內的骨頭像是被人給一根根弄斷般，從胸口開始沿著四肢蔓延，他無法阻止。

駱以聲已經無法阻止力量的湧現，他開始覺得呼吸越來越紊亂，腦袋彷彿有好幾十個人在同時大聲嚷嚷，吵得他摀著耳朵，放聲尖叫。

「啊啊啊啊啊啊啊啊——」

那一瞬間，駱以安看見了因痛苦而跪在地上的駱以聲。

風暴越來越強，幾乎框住了駱以聲，讓旁人無法接近。

但他看見了，回復本性的弟弟的面孔。

駱以聲很吃力的轉動脖子，看著被暴風隔絕在外的駱以安，忍著頭痛欲裂，掙扎道：「哥……哥，救我！」

剎那間，駱以聲的表情又變了個人，因為力量的無限而狂妄的大笑，也因為帶來的副作用，痛苦的大叫。

兩種情緒變來變去，可是這已經給了駱以安足夠的理由，就是絕對不能放棄。那個總是讓人擔心，又嘻皮笑臉的駱以聲還存在原本的身體裡。

暴風讓人都無法靠近，一旦接近就會被風劃破肌膚，但駱以安沒有辦法想太多了，現在必須跟著時間賽跑，因為駱以聲體內的力量已經失去控制，正在體內不斷地膨脹，瞬間像極了一顆可以炸毀一切的炸彈。

風刮傷駱以安的臉頰，也在胸口上劃破了好幾道銳利的刀痕，他行動艱困，但沒有放棄，因為拯救弟弟的信念支撐著他，成為了一面盾牌，讓他可以去阻止這一切。

我必須彌補這一切。

駱以安提起勇氣，不畏恐懼的繼續向前。

「以安！」黃雨澤扯著雙手，但黑繩的束縛還是緊抓不放，讓他只能坐在原地，什麼忙也幫不上，最後只能隔著這段距離，看著駱以安的背影，漸漸沒入暴風圈裡。

「我會阻止的，在這裡的騷動，是我該負責的。」駱以安聽見了黃雨澤的呼喊，

也明白對方的擔心，他雖然沒有回頭，但他已經下定決心了，不論這次的結果如何，一定要靠自己解決這場危機。

在寸步難行的暴風中，駱以安沒辦法支撐體力虛弱的身體，他在中途慢下腳步，只能睜著眼睛看著受苦的駱以聲雙手抱著頭，蹲在地上。

暴風的風速增強，逼退了駱以安，讓他往後站了幾步。雖然勉強撐住了身體，可是離駱以聲也變得更遙遠了。

再這樣子下去的話，該怎麼辦？

駱以安睜不大開眼睛，風沙弄痛了雙眼，耳朵也只聽見轟轟的颾風聲。剎那間，一抹不該出現在這裡的人影站在他的面前，減弱了正面迎來的暴風。

堅挺的背影，總能讓人心安。

「勝安哥，你怎麼……」

只見詹勝安高舉著盾牌，一邊向前，一邊咬牙說：「別問了，總該要有我能幫得上忙的地方吧。」

「謝謝……」駱以安緊跟著詹勝安，一邊向前移動。

可是越靠近暴風眼，就算有盾牌擋著也開始越難向前。

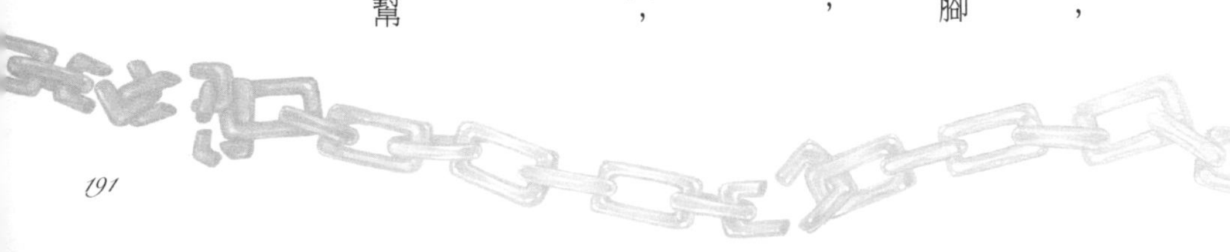

「再這樣子下去的話，你會有危險的！」察覺異狀的駱以安想阻止詹勝安這次的衝動行為。

「如果放任不管的話才真的有危險，我、我們這種皮肉傷哪算得了什麼，擦個小護士就會好了啦！」雙手劇烈疼痛的詹勝安已經快握不住盾牌，可是他從沒想過要放棄舉盾，繼續說：「但要是世界毀滅的話，小護士可是沒有辦法復原這一切的。」

聽詹勝安這麼一說，駱以安只有靜靜的跟在背後，強風的威脅也阻止不了兩個人的前進。

「砰」地一聲，巨大的黑色盾牌轉瞬間化為黑煙，詹勝安的雙手消失於風中。這次的轉折，讓詹勝安踉蹌的往後一退，但背部馬上就有人支撐著。

但走到了這裡，離駱以聲只剩下幾步的距離而已，可是要兩個人都同時到達是不可能的事情，尤其凡人之軀的詹勝安，被風劃破了衣物，鋒利的在臉上與皮膚上留下數不盡的傷痕。

「我有個點子。」詹勝安左手舉在眉毛的位置，右手往後向駱以安伸出，「抓住我的手！」

雖然有些疑問，但是駱以安立刻就抓住詹勝安的手。

在這一瞬間，詹勝安卯足全身力量將駱以安往前方一甩，連滾帶爬的來到了無風的暴風眼之中，但也因為重心一失，詹勝安抵不住強風的攻擊遭到擊飛出去。

駱以安聽見了風中的細語。

「交給你了，帶回弟弟！」

也許是駱以聲的痛喊讓駱以安的注意力立刻轉移到他身上，待在暴風眼之中，沒有剛才所受的強風之威，於是他踏著酥麻的步伐，蹣跚的來到弟弟的身邊。

卻在一接近，一股斥力從肢體釋放出來，彈飛了駱以安。

差點又要飛出去暴風範圍的駱以安，勉強保住了一命。他站起來，面對情況越演越烈的弟弟，他只想一心拯救被力量所操縱的兄弟，因為現在正在痛苦的，是他這一生唯一的親人了。

他靠這樣簡單的信念，讓雙腳再度有了力量而站了起來，等待他的卻是一幅難以置信的畫面。

「啊啊啊啊啊啊啊——」駱以聲低頭咆哮，背頸一處開始長出黑色尖刺，遍布整個背部，這令人毛骨悚然的畫面讓駱以安一時不知道該怎麼做才好。

但駱以安馬上就想到了這個情形的源頭，是弟弟所隱瞞的病症。

我要冷靜，我一定要救他。

與時間賽跑的駱以安，緩緩接近失去理智與原初意識的弟弟。

這次他順利的搭到了肩膀，反射性的收手，驚呼道：「好燙！」

可是駱以安再次伸出手，忍著手心彷彿摸著熱爐的灼痛，緊緊抓著肩頭。

比起駱以聲所受的苦，這些也只不過是千分之一而已，駱以安說：「以聲，你得振作過來，不能仰賴這種力量，會完全吞噬你的！」

「啊啊啊啊啊啊啊啊——好燙啊！」駱以聲猛地抬頭，整張面容泛著微微紅光，如同體內有一團炙熱的火焰焚燒著。

「以聲，冷靜下來！」駱以安緊張的說服道。

但這效果並不卓越，只見藏在駱以聲身體內的火光隨著時間，越來越赤紅。就連體溫也迅速升高，沒一會兒，就逼得駱以安痛得立刻收手。

他看著手心大面積的燙傷，決定改用另外一隻手搭著肩膀，繼續給弟弟精神喊話。

「以聲，你要冷靜下來！」

駱以聲沒有絲毫反應，駱以安只能繼續說下去：「就算我在今天毀了這雙手，我會一直陪著你，然後度過這次難關的。」

在駱以安的身上有全世界的託付，他必須阻止這一場對臺灣有極大危險的災難。他不知道這股威力若是釋放出來會造成什麼後果，但唯一可以斷言的就是會有一場對人類有威脅的災害。

「以聲，還記得小時候嗎？」駱以安想起了什麼，說：「你被懲罰的時候，我陪著你，你被村落的孩子們欺負的時候，我站出來保護，你沒有忘記吧？我知道你一定還記得，我只是想告訴你，就算你在痛苦，我也會陪你一起痛苦。」

駱以安記起了父親，自愧的說：「對不起，自從爸爸離開以後，我給你還有媽媽造成了很多麻煩。

「可是我很開心，因為你一直陪著我，所以我根本就沒有理由離開你。

「在這個世界，你是我唯一的家人，我也是你唯一的家人，所以請你不要對我放手……」駱以安哽咽問道：「好不好？」

「不……不要放手。」駱以聲忽然別過臉，看著駱以安紅著眼眶的表情，倦怠的笑了：「哥，你真不適合愛哭的臉呢。」

這一瞬間，形同永恆，讓駱以聲不受任何折騰。

「以聲！」駱以安向前一抱，不畏熱燙的緊緊擁抱著。

「哥、我快……快窒息了。」駱以聲苦苦一笑，卻很享受這個當下，但過沒幾秒，立刻又被身體各處所傳來的痛楚，刺得吶喊：「啊啊啊啊啊啊啊——」

駱以安讓弟弟靠在自己的肩上，像哄一個小孩般，用手拍著駱以聲的背部，他摸到了那些突出的黑刺，堅硬又銳利，像是一種龍脊。

「沒事的，就算再痛，我也……會陪著你的。」

「哥……」駱以安氣喘吁吁地說：「我會支撐不住的，趁……趁現在趕快離開吧。如果用……雨澤哥的空間，大家一定會沒事的。」駱以聲意識到自己會帶來無可挽回的災難，於是想了個辦法。

駱以安馬上駁回：「我是不會丟下你的。」

「可是哥，如果不這樣做的話……咳、咳咳！你一定會受牽連的、還有大家也是。」駱以聲咬緊牙，對一切痛苦都在盡力的忍耐。

「不，還有方法的。」駱以安有了個點子，「你本來就不擅長控制這種力量，不如就讓我來吧。」

「你？」駱以聲偏頭問道。

因為吸收了魂晶玉，駱以聲的雙子之力得到大幅的強化，也因此讓人墜入了渴望力量的魔道，也因為看清了現實，他的意識分裂了多種人格霸占著這副身軀。

「就讓我承擔你現在承受的痛苦吧。」駱以安鬆開擁抱，正視著面有難色的弟弟，「你只要負責去向雨澤講述剛才的點子就可以了。」

「怎麼可能啊！你剛才不也說了嗎？那句我可是有聽到的喔。」駱以聲激動的斥言：「剛才你說了我們都是彼此唯一的親人，誰也不能對誰放手不是嗎？所以你就不要拿著哥哥的權威來壓制我了，我是不會離開你的！」

「現學現賣啊，但是除了這個辦法以外沒有別的了，而且我說不定可以阻止這股力量。」駱以安有幾分的自信，但也伴隨著幾分的恐懼與風險。

「不行！我絕對不退讓。」駱以聲忍著痛苦，硬要矜持自己的立場。

突然間，駱以聲乾咳好幾聲，接著刺鼻的鮮血從唇角流下，虛弱的他已經不再像是剛才力量全盛的時候了，只是一位隨時都會因為力量吞沒自己，引燃爆炸的不穩定炸彈罷了。

早已意識到這點，所以駱以聲堅決要哥哥趕快離開，但後者不但沒有離開，反而是緊緊陪伴在旁邊，就算沒有太多言語接觸，這樣的小舉動就說盡了千言萬語。

「哥……」喉嚨彷彿烈焰旺盛的燃燒，駱以聲還是硬要說：「快走吧！」

駱以安反而緊緊抓住駱以聲的雙手，咬牙忍耐著灼傷，他說：「還記得司令說過的事情嗎？雙子是救世主般的存在，我們的身分是為了制裁不該出現在世界上的影獸，同時這也是我們的使命。你現在發生的這一切，也是對人類的一種威脅，所以阻止它，也是我們兩個人的使命，既然你跟我都不願離開對方，那我們就一起留下來，一起試著阻止它。」

接觸過母親的駱以聲，立刻從中找出了關鍵的重點，「哥這麼說，我想起來了一件事情，是媽媽的過去告訴我的。」

「媽媽的過去？」

「是啊，在我們剛出生的時候，有個人就對媽媽說會有一場大災難，而且是要由我們去阻止的。」看著自己產生劇烈變化的駱以聲，不禁牽起嘴角，說道：「我想現在這個時候，就是那個人所說的大災難了吧。」

「我會害怕……」駱以聲老實的說：「我一直無法去知道下一秒自己會發生什麼事情。」

「我也會害怕。」駱以安難得露出笑容，讓駱以聲一臉驚訝，但哥哥卻說出了弟弟料想不到的話，「我害怕失去那個冒失鬼弟弟。」

我們都在害怕，對未來沒有任何憧憬了。

心中的那份勇氣伴隨著恐懼，兩者互相啃食，在內心裡形成了拔河拉鋸戰。

但越是這種絕望之際，兩人也更明白了自己究竟該做什麼。

是啊，我們都在害怕，所以，就不要再放手了。

至少可以鼓起一點點勇氣吧。

兩人的心底都是這麼想的，然而這激起了一種轉變。

天藍色的光芒從駱以聲的胸口射了出來，照進了駱以安的胸膛，它驅散了炙熱，並且讓身體的疼痛都迅速消失，就連弟弟背部的突刺也因為光芒從身上四處散發，慢慢地恢復成為原本的皮膚。

在皮膚底層的紅光漸漸的消退。

「這是怎麼回事！」駱以聲看著自己身上的光芒，詫異問道。

「我也不是很清楚……這感覺好暖和。」駱以安維持抓住駱以聲的手勢，看著從弟弟身上射出來的離奇光線，推論不出究竟是什麼原因。

然後一股浮力徒然讓兩人擺脫了地心引力，還搞不清楚狀況就一路往高空直直上升。

他們成為了夜裡最閃爍的一顆藍星，驅散了圍繞的暴風，耀眼的璀璨光芒引起了底下的所有人注意。

他們無法控制自己，只能被另外一股力量飛往夜空，融入群星的夜裡。

「以安！」黃雅鈞看見這幕，猛地出聲，原本以為會吸引不了對方，意外的是駱以安聽見了喚聲，低頭直視著她。

然後駱以安看見了所有人不知為何的牽著手，像是在表示著什麼一樣，然後形成了巨大的圓圈。儘管在夜裡，駱以安仍能看見每個人腳下的影子色彩，那是不曾見過的七彩色，那代表著什麼呢？我想，那才是最根本的情感吧。

綜合著五顏六色的影子，駱以聲也注意到了，而且他也在所有人的臉上看見了這場戰役之後的疲憊笑容，就算再累，就算自己在幾十分鐘前不受控制，這些人放下了種種，只為此刻向雙子們祈禱。

兩個人越飛越高，他們也不再往下瞧望，只是盯著彼此。

「哥，你覺得我們會怎麼樣呢？」駱以聲有些緊張的說道。

雖然青藍色的光芒除去了疼痛，但駱以聲的體內還殘留著耀眼的紅光，不時從赤裸裸的上半身閃爍，可是也因為駱以安的陪伴，讓弟弟沒有被害怕滲透太深。

「我想我們自己的力量，也是想阻止接下來會發生的事情吧。」抓著駱以聲的雙手明顯用力，駱以安抬起頭看向一片宇宙的夜空，「我是這麼相信的。」

「那我們會死嗎？」犧牲這詞已經出現在駱以聲的腦海裡了。

哥哥搖起頭，語重心長的說：「我也不知道，可是我有個直覺，這是結束，也是一個新的開始。」

「什麼是新的開始呢？」駱以聲這麼一問時，兩人不再上升，而是飄浮在一個最高點，令他困惑問道：「咦？停下來了！」

「這只是我的猜想，就像曾經為這個世界付出生命的雙子，輪迴過一代又一代的意思吧。」駱以安閉上眼睛，深呼吸了一口氣說道：「我們的使命在這一刻結束，一定會有別人來繼承我們的意志的。」

「是嘛？聽哥這麼說，好像就不覺得很可怕了耶！」駱以聲一貫笑嘻嘻，「那麼，我真想看看在這之後的世界呢！」

「你不覺得可惜嗎？」駱以安倒是意外弟弟有這樣子的反應。

「可惜什麼?」駱以聲偏頭問道。

「可惜不能到處環遊世界、可惜不能吃到好的美食、可惜不能再繼續跟那些人生活了。」

駱以聲搔搔頭，想了想才啟口說道：「雖然會啦，可是哥哥不是說過會有人繼承我們的意志嗎?所以我們一定也能透過其他人的眼睛來看這個世界的！」

「即使現在的你，果然還是跟小時候一樣。」聽著駱以聲的回答，駱以安放下心來。

下一秒，光芒變強，包裹住沐浴在光中的兄弟倆。

如同一顆明亮的太陽，微暖的溫度從高空灑下。

迎接著驚慌的人們的是一幕閃爍著青粉的光雨，接著，光芒越來越亮，一會兒後，壓縮至中心然後往四面八方一綻放，大量的青光彷彿了一場雨般，開始墜落。

黃雅鈞與其他事務所的人驚呼著這一幕，在剛才最耀眼的一次閃爍之後，夜空不再見剛才的光團，只剩下旋風搖落的青雨。

待在底下的人們鬆開手，因為好奇抬起手觸摸著那像是雨滴的光。

在手心中，黃雅鈞看見了青色的多邊形碎片，那並不是雨滴，而是乘載著雙子們意志的碎片。

她看著碎片，聽見了一種聲音。

「哥哥，既然我們要消失了，你有什麼願望嗎？」

駱以聲嘻皮笑臉的聲音傳進了黃雅鈞的耳朵，她驚訝地抬起頭，左顧右盼卻沒有看見說話的人影，然後將視線鎖定在手心的物體，難道是這東西？

「我想想……」駱以安「嗯」了很長一聲，敲出了答案，「就是希望大家都能平安吧。」

「跟我想的差不多呢，大家一定會平安的。」

黃雅鈞聽見了兄弟的願望，眼眶一陣熱辣，晶瑩剔透的眼淚流下眼眶，像是一顆閃亮著銀光的流星，劃過臉頰。

她抬起頭的過程，看見大家也都抬起頭，大部分與雙子有接觸的人都哭了。

「雅鈞，我看見小白、小黑他們的畫面了，可是你們那邊是不是有另外的事情發生了？」黑卣從來沒有見過眼前電腦呈現出來的畫面。

在巨大的電腦螢幕面前的所有偵查員，都因為驚訝過度站起身，一時忘了自己的工作還未做完。

「什麼意思呢？」黃雅鈞抹掉眼淚，壓著耳機溝通。

「剛才臺北城出現密集的影獸反應，而且數量是無法統計的，可是那只是一秒鐘而已……」

「一秒鐘？那麼現在呢？」這種奇怪的事情也讓黃雅鈞揚起眉毛，在意的問著。

「只是一秒鐘，大量密集的影獸消失了，像是憑空蒸發了一樣。」黑卣對雙子的消失感到難過，也證實了這陣子的不安原來是這麼一回事。

不過對眼前這件怪異的事情，黃雅鈞看著自己腳下的影子，然後她看見了影子在一瞬間扭曲，隨後又恢復成一般常見的影子。

腦海裡，這種情況與剛才聽見的心聲互相拼湊，黃雅鈞逕自笑了。

「黑卣姐，這不是什麼怪事。」

她很肯定的說：「是以安還有以聲他們的願望，拯救了我們。」

——逆星雙子2・完

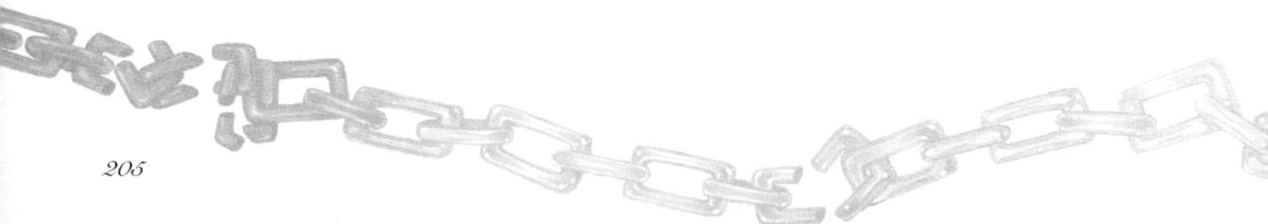

高寶書版集團
gobooks.com.tw

輕世代 FW087
逆星雙子02 期盼的未來(完)

作　　者　暮帬
繪　　者　布丁
編　　輯　謝夢慈
校　　對　江佳芳、林紓平
美術編輯　陸聖欣
排　　版　彭立瑋
出　　版　英屬維京群島商高寶國際有限公司臺灣分公司
　　　　　Global Group Holdings, Ltd.
地　　址　臺北市內湖區洲子街88號3樓
網　　址　gobooks.com.tw
電　　話　(02) 27992788
電　　郵　readers@gobooks.com.tw（讀者服務部）
　　　　　pr@gobooks.com.tw（公關諮詢部）
傳　　真　出版部　(02) 27990909　行銷部 (02) 27993088
郵政劃撥　19394552
戶　　名　英屬維京群島商高寶國際有限公司臺灣分公司
發　　行　希代多媒體書版股份有限公司/Printed in Taiwan
初版日期　2014年6月

國家圖書館出版品預行編目(CIP)資料

逆星雙子 / 暮帬著. -- 初版.
-- 臺北市 : 高寶國際, 2014.06-
面；　公分. --

ISBN 978-986-361-014-4(第2冊 : 平裝)

857.7　　　　102020602

三日月

GOBOOKS
& SITAK
GROUP©